# AMOURS SOLITAIRES

## UNE PETITE ÉTERNITÉ

Collection #AM


22, rue Huyghens, 75014 Paris
www.albin-michel.fr

Morgane Ortin

# AMOURS SOLITAIRES

## UNE PETITE ÉTERNITÉ

Albin Michel

*À ma mère, le commencement*
*et la fin de toute chose dans ma vie.*

# REMERCIEMENTS

Ce livre, composé uniquement des messages que j'ai reçus depuis trois ans sur Amours solitaires, n'aurait pas pu voir le jour sans les 285 contributeurs qui y ont participé, au départ, sans le savoir. Je tiens donc à remercier du plus profond de mon cœur tous ces auteurs de la vie réelle qui, par le don de leur intimité brute, m'ont aidée à tisser une histoire d'amour unique, à la limite entre la fiction et la réalité. Fiction, car cette histoire émane de mon imagination, réalité, car elle n'est construite qu'à partir de vrais échanges. Vos échanges. Alors, merci pour ces moments poétiques capturés, dont la beauté m'a plus d'une fois bouleversée, qu'ils soient composés de trois mots ou de paragraphes entiers, merci pour votre vulnérabilité, votre sensibilité, votre humour, votre désespoir parfois aussi, votre ténacité, vos élans intérieurs et votre foi inaltérable en l'amour qui nourrit chaque jour la mienne.

Ce livre est notre lieu de rencontre. Il n'existe qu'à travers nos émotions croisées et couplées. Je vous souhaite de vous y installer comme s'il s'agissait de votre maison. La demeure des amoureux solitaires.

Enfin, une pensée émue à tous ceux qui m'épaulent, m'inspirent et me soutiennent dans cette folle aventure, Polyka, Juliette, Roméo, Julie, Cynthia, Maud, Svet, Virginie et Olivier.

# AVANT-PROPOS

Amours solitaires, c'est aujourd'hui plus de 500 000 personnes qui, dans une société souvent impitoyable et intolérable dans laquelle le consumérisme gagne tous les champs de la vie, ont pris le temps d'écrire « je t'aime », de résister, de redonner du pouvoir aux mots, aux émotions et à notre humanité en se raccrochant à l'une des rares choses qui rendent la vie un peu plus supportable : l'amour.

Il était impossible de commencer ce livre sans raconter l'histoire qui existe derrière le projet. Alors, je m'excuse d'avance pour celles et ceux qui la connaissent par cœur et souhaite une bonne lecture à celles et ceux qui la découvrent. Bienvenue.

Il y a deux ans, je suis tombée très amoureuse. Mon téléphone était devenu le paradis caché de mes échanges passionnés, ceux qu'il serait dommage d'oublier. Au fond de moi, j'avais comme une envie de les partager même s'ils étaient profondément intimes. Je me suis mise à faire des captures d'écran systématiques. Mais même là, stockés dans mon téléphone, ces souvenirs se perdaient au milieu des autres photos et vidéos qui s'accumulaient inexorablement. Il leur fallait un autre endroit, un lieu unique, dématérialisé, participatif et bienveillant, un petit coin à part que j'ai trouvé en créant un compte Instagram, où les messages d'amour sont publiés anonymement.

Ce lieu, c'est Amours solitaires, au pluriel, car, si au début je n'y exposais que mes propres mots d'amour, aujourd'hui ce sont des centaines de messages que je reçois quotidiennement.

Je vois chaque message publié comme un appel à aimer, à écrire l'amour, à reconsidérer l'autre, à se réjouir de la beauté poétique du quotidien, et à contester deux choses :

– La première est la rumeur qui court selon laquelle la lettre est morte, que plus personne ne sait écrire et que l'image a remplacé le mot. Parce que chaque jour circule une multitude de messages qui, isolés dans l'intimité des téléphones, viennent contredire cela de la plus belle des manières. La lettre n'est pas morte : elle a simplement évolué avec les nouveaux supports que nous offre la technologie. Peut-être même est-elle plus vivante que jamais.

– La seconde, c'est l'idée selon laquelle il n'est pas bon d'être romantique. Pendant de longues années, on a prôné la distance, la résistance au romantisme, inspirées du fameux dicton « fuis-moi, je te suis ». Il est désormais nécessaire de détruire l'empire de la fausse indifférence et le tabou du sentiment, qui n'est ni vieux jeu ni ringard. Les centaines de messages amoureux que je reçois chaque jour sur Amours solitaires en sont la preuve, et, rassemblés, me donnent l'intime conviction de former les prémices d'une révolution de l'amour dont le manifeste constitue la postface du tome 1.

Il y a un an, je publiais le premier tome d'*Amours solitaires*. À lire successivement tous les messages publiés sur le compte, je voyais des liens se tisser entre des messages qui n'étaient pas écrits pour se répondre. En en plaçant certains les uns à la suite des autres, j'ai vu des échanges, des discussions, des déclarations, des conflits, comme si ces textos étaient les pièces d'un puzzle pouvant s'agencer pour former un tout. J'ai alors choisi les messages de 278 contributeurs anonymes, et, en les agrégeant, j'ai composé le premier tome, une histoire d'amour par SMS entre deux personnages dont nous ne connaissons pas l'identité. Je n'avais pas prévu qu'il y ait une suite. Je pensais que le livre que l'on appellerait rétrospectivement « tome 1 » serait un acte d'écriture unique. Mais au fur et à mesure des semaines et des nombreuses sollicitations que je recevais, chaque nouveau message que je lisais déclenchait en moi une alarme incessante qui me chuchotait : « Celui-ci irait particulièrement bien dans un tome 2. » C'est ainsi que je cédai finalement à l'envie de savoir ce que devenaient ces deux amoureux. Alors, j'ai réessayé. En silence, pour commencer. J'ai essayé d'agencer les nouveaux messages que j'avais reçus, pour voir ce qu'ils avaient à raconter. Puis j'ai appelé mon éditeur.

Ce deuxième volet se veut être un appel fort : aimez ! Sans peur, sans honte, sans angoisse, sans tabou. Aimez à ne plus savoir qu'en faire, qu'en penser, comment en vivre ou en mourir, sans redouter ni la fin ni le déclin.

**Morgane Ortin**

ELLE EST PARTIE, IL EST RESTÉ.
QU'ADVIENT-IL APRÈS L'AMOUR,
LORSQUE L'ON S'EST ÉCRIT, DÉSIRÉ,
AIMÉ PASSIONNÉMENT PUIS QUITTÉ ?

# CHAPITRE 1

# TON PRÉNOM SUR MON ÉCRAN

## 30 septembre

16h07

*Maman, je viens d'atterrir et j'ai beaucoup réfléchi durant le vol. Ces dernières années à l'autre bout du monde furent un tel périple… Si tu savais comme je suis heureuse de rentrer et de retrouver les personnes qui m'aiment et que j'aime, d'une manière simple et belle qui ne demande aucune justification. Et surtout, qui me connaissent réellement. J'ai désormais envie de canaliser toute mon énergie dans ce sens, plutôt qu'en crapahutant à l'autre bout du monde.*

*J'ai beaucoup pensé à toi dans l'avion. Merci d'être là tous les jours, merci de m'avoir toujours montré que je ne valais pas moins parce que je suis une femme, que je dois savoir poser mes limites et exprimer ce que je veux sans crainte, merci de m'avoir montré qu'il faut se battre pour ce que l'on croit juste, mais aussi que l'on se relève de ses blessures, peu importe le temps que cela prend. Merci de me montrer que la perfection n'existe pas, de m'aider à me construire, à trouver mon équilibre et à croire en moi. Merci de m'avoir donné l'éducation que j'ai reçue, la même que celle de mes frères.*

*S'il te plaît, continue de me pousser à donner le meilleur de moi-même, à m'aider à trouver mon équilibre pour devenir la femme que je dois devenir.*

*Lorsque l'on se retrouvera, je t'offrirai un livre un peu particulier, qui t'aidera à construire une nouvelle histoire de ta vie qui n'appartient qu'à toi. Comme les personnages de ce roman, tu es déterminée et courageuse, et comme eux, je suis certaine que tu préféreras te tromper et recommencer, plutôt que n'avoir aucune vie. Tu as bien fait, ma puce, de suivre tes instincts, d'aller au bout de ton projet. Je suis sûre que ce voyage t'a appris plein de choses sur toi-même. Parfois les résultats ne sont pas ceux auxquels nous nous attendions, il n'empêche qu'ils peuvent être d'autant plus beaux. Que tes vies soient riches et t'emmènent au bout du monde, où mon amour et ma fierté te suivront toujours.*

*Je suis fière et heureuse de te voir dans cette direction. Bon retour. Je t'aime.*

## 4 octobre

23h30

Est-ce que ça t'arrive parfois de te dire « si quand j'arrive au passage piéton, le feu passe au vert, alors je vais passer une bonne journée » ?

Moi, ce matin, je me suis dit : « Si tous les feux passent au vert sur mon chemin, je lui envoie un message. Autrement, je supprime son numéro. » Il y avait quoi… Seulement 10 % de chances que les cinq feux qui séparent mon domicile de mon travail soient tous verts lorsque j'arrive à leur niveau. Et pourtant ! Aucun n'a failli à la règle.

●●●

Je suis rentrée. Il semblerait que j'aie fini par trouver ce que je cherchais. C'était important pour moi de te le dire.

Tiens, ça a fait quelque chose dans mon ventre de lire ça.

**(1 semaine plus tard)**

## 11 octobre

02h00

Est-ce que tu dors ?

C'est étrange de revoir ton prénom sur mon écran.

J'ai du mal à trouver le sommeil. Tu es rentrée définitivement ?

Il me semble, oui. J'avais l'impression de commencer à tourner en rond là-bas. Et puis je crois que je me suis enfin trouvée, je sais désormais à peu près qui je suis, même si j'imagine que ça peut être la quête d'une vie. Je n'ai plus besoin de parcourir des kilomètres pour le découvrir.

En voilà une bonne chose. Tu as été heureuse ces derniers mois ? Comment ça s'est passé pour toi à l'autre bout du monde ?

Je crois que j'étais un peu en errance. Je ne sais pas si j'ai été heureuse. Perdue, peut-être. Heureuse, je ne crois pas.

Notre séparation m'a
énormément éprouvée,
tu sais.

Je repense parfois à ce baiser dont nous ne savions, ni toi ni moi, qu'il serait le dernier. Je ne suis jamais retourné dans cet aéroport qui abritait nos retrouvailles et nos séparations. La vie est ainsi faite 😊

Tu sais, parfois, il m'arrive de me demander à quoi ressemble l'amour. Et puis je te revois, des mois après, dans nos draps, encore endormi, avec cette bouille d'enfant innocent. Et je me dis que je n'avais pas à chercher bien loin. Il suffisait d'arrêter de rêver pour vivre le rêve éveillé.

Mais le temps passe et soigne bien heureusement les cœurs brisés.

03h45

Tu y as survécu comment,
toi, à cette rupture ?

Parfois, quand on se perdait,
je relisais tes mots et tes mots
nous reliaient.

**(1 semaine plus tard)**

## 18 octobre

02h20

J'ai un peu trop bu. Je ne sais pas si c'est une bonne chose ce message, mais c'est très étrange ce qui m'arrive depuis que je suis rentrée.

Je suis nostalgique de moments qui n'ont jamais existé. Comme si j'avais des souvenirs d'un futur alternatif où les choses se seraient passées autrement.

Le futur est changeant et imprévisible. Si les choses ne se passent pas, c'est qu'elles n'ont pas lieu d'être en cet instant. Peut-être qu'à un autre moment, dans une autre vie, si elles doivent se faire, elles se feront. Je ne doute jamais de ça.

Ça me fait du bien de te parler. Tu apaises mon monde.

Ferme les yeux et endors-toi.

## 19 octobre

23h40

Ça me paraît tellement étrange que tu sois de retour ici.

Que fais-tu ?

J'écoute de la musique dans mon lit. Je fume une clope. Et toi ?

Je lis, des correspondances comme toujours.

Tu m'envoies un passage que tu aimes, comme tu le faisais avant ?

« Je t'ai quittée, il y a deux heures et déjà je n'en puis plus.
Vraiment, on ne s'ennuie pas assez, ensemble...
Comment diable supporter d'autres gens que Vous et Moi ?
Le peux-tu ?
Je pense avec terreur aux prochaines distances et durées entre ces têtes si chères. Têtes et tout(s).
Je te tiens par les tempes.
Yeux à yeux. »

C'est de Paul Valéry à Jean Voilier.

« On ne s'ennuie pas assez ensemble. » Existe-t-il plus belle définition de l'amour ?

Je ne crois pas.

## 20 octobre

00h03

Tu vas bien ?

C'est marrant, c'est une question que l'on s'est toujours peu posée, toi et moi. J'espère que nous ne sommes pas devenus banals l'un pour l'autre au point de commencer nos messages par ces trois mots.

Je ne sais pas pourquoi j'éprouve encore le besoin de savoir que tu vas bien. Peut-être parce que tu es revenue ? Avoir des nouvelles de toi par nos amis communs ne me suffit pas toujours, parce que, malgré tout ce qu'il s'est passé entre nous, j'ai l'impression qu'il n'y a que moi qui sais vraiment te cerner. C'est incroyablement égoïste ou profondément altruiste, je n'en sais rien. Je n'y peux rien, j'ai besoin de savoir comment tu vas, parce que, même si on passe le reste de nos vies à se croiser ou à s'éviter, je veux que tu sois heureuse.

Je vais bien 🩶

## 21 octobre

20h20

Et toi, tu vas bien ?

Je crois, oui.

Écoute, je ne veux pas tourner autour du pot plus longtemps. Il m'aura fallu deux ans pour arriver à te poser cette question. Mais je pense que le moment est enfin venu : es-tu prêt à reparler de notre histoire ?

Pour ma part, oui. Je crois que j'en ai besoin. Et il me semble que c'est nécessaire. J'ai l'impression que tant que nous ne l'aurons pas fait, nous aurons du mal à être naturels l'un avec l'autre.

00h04

Oui, c'est important pour moi de comprendre aussi comment tu as vécu les choses.

Je ne suis pas tous les jours fier du spectre que je fus après toi, de son amertume, de sa violence et sa nocivité. Je t'en ai beaucoup voulu, tu sais, et j'ai eu énormément de mal à croire de nouveau en l'amour après toute notre histoire, je ressentais un tel vide en moi.

Longtemps j'ai cru que je ne pourrais plus jamais retomber amoureux, que je n'en serais plus capable, et qu'en plus de ça, ça n'en valait plus la peine. Mais je me suis relevé au souvenir qu'un jour j'ai réussi à aimer sincèrement, inconditionnellement, éperdument, et que j'ai été aimé en retour. Je préfère me remémorer cela plutôt que la suite, les douleurs, le déchirement. Ça m'a pris énormément de temps pour guérir, et maintenant que je suis revenu de cette douleur, je recommence de nouveau à y croire.

Ce que j'ai compris surtout, c'est que toutes les histoires d'amour ne sont pas forcément des histoires pour la vie et que la séparation ne fait pas d'une histoire d'amour une histoire moins belle, mais simplement une histoire plus courte.

Parfois, quand les journées sont dures, je me rattache aux souvenirs aussi, je me remémore cette sincérité et cette bonté. On en doute parfois, mais nous fûmes la preuve que cela existe. Il y a quatre ans, tu as pris dans tes bras mon cœur avec la plus grande douceur du monde, tu lui as murmuré des mots doux pendant des mois, tu lui as appris que l'amour, ça peut être simple, patient et généreux. Je te l'ai repris sans même te remercier de l'avoir sauvé, sans comprendre tout le bien que tu lui avais fait.

Tu sais, moi ce que j'ai toujours aimé par-dessus tout, ce sont les débuts d'histoire d'amour. Parce que j'ai toujours eu l'impression que c'est à ce moment-là que les émotions sont les plus fortes. La suite, j'avais peur qu'elle devienne morose.

L'habitude m'a toujours fait peur. Notre histoire m'a fait beaucoup de mal. Je me suis rendu compte que je tenais beaucoup plus à toi que je ne le pensais. J'ai pleuré, beaucoup. J'ai vagabondé avec des garçons, profitant de bonheurs éphémères, mais j'ai finalement compris que la connexion qui nous liait était rare et qu'il fallait que j'accepte de me livrer entièrement dans une relation parce qu'il n'y a rien de plus beau ni de plus précieux que ce lien.

Apprendre à vivre l'un sans l'autre, c'était comme réapprendre à lire, à parler, à marcher, à sourire et à rire avec un cœur qui ne marche plus qu'à moitié.

Mais on s'en est bien sortis finalement.

Et tu vois, je souris encore.

Je suis vraiment heureuse que l'on puisse enfin en discuter ensemble. Tu sais, je me demande souvent, maintenant que la douleur est passée, comment nous pourrions continuer à faire partie de la vie l'un de l'autre. L'amitié est-elle possible ? Parfois tu me manques comme un ami ou un frère. C'est un sentiment étrange.

Devons-nous nous donner des nouvelles ? Sommes-nous prêts à nous revoir ? Le téléphone a cet avantage de nous permettre d'être avec l'autre sans l'être complètement.

C'est une chose à laquelle j'ai beaucoup pensé également ces derniers mois. Tu me manques souvent, d'une manière qui n'appelle pas l'amour, mais simplement ta présence. Pouvoir échanger, être au courant de ta vie, que tu le sois de la mienne pour que nous ne disparaissions pas totalement l'un pour l'autre. Je ne sais pas si nous arriverons à être amis, toi et moi, je pense que ce sera une relation un peu différente. Peu de gens parlent de cet état affectif ambigu, mais je suis sûr qu'il est possible de trouver un terrain d'entente.

Je trouve ça tellement rassurant de lire ça. Il y a eu beaucoup de moments ces deux dernières années où j'ai eu envie de décrocher mon téléphone pour te faire part de petites victoires personnelles ou de grands tracas, mais je ne savais pas si je le pouvais. Maintenant, je sais que tu es mon amant et mon amour passés, mon ami et mon frère en devenir. Je t'envoie toute mon affection, parce que je crois bien que c'est ce sentiment qu'il reste, une fois l'histoire d'amour et la colère passées.

Il nous aura fallu deux ans pour en arriver là 😊

C'est pas si mal.

**22 octobre**

**23 octobre**

**24 octobre**

## 25 octobre

02h01

Est-ce que tu dors ?

Non.

J'aimerais te parler de quelque chose.

Tu te souviens lorsque l'on s'était dit qu'on ne s'écrirait plus jusqu'à ce que tu viennes me retrouver, il y a deux ans ?

Oui.

Durant toutes ces semaines, j'ai pallié ton absence en t'écrivant des messages que je ne t'ai jamais envoyés. Qui sont tous stockés dans mes notes.

Tu veux les lire ?

Comment refuser ?

Tu es en droit de m'arrêter à tout moment.

Celui-ci est le premier que j'ai enregistré sans te l'envoyer. Je l'ai écrit lorsque nous nous sommes donné la liberté de ne plus être exclusifs jusqu'à nos retrouvailles, quand j'étais à l'autre bout du monde. Quand j'y repense, pour moi, c'est ce moment-là qui a marqué le début de notre fin.

« Je n'ose pas te parler, parfois je me dis que je te veux toi tout entier, que je veux que tu sois à moi, mais je n'oserais jamais te l'écrire, parce que j'ai peur que tu t'en ailles, surtout maintenant que nous avons décidé que nous étions libres. J'ai peur que tu me laisses, je voudrais pouvoir te dire tous les mots d'amour du monde, je voudrais faire des enfants, mais seulement la pratique. T'es beau putain, t'es tellement beau, je voudrais que chacun de mes mots sonne comme une symphonie pour toi. Je voudrais que tu sois le seul, l'unique, mais j'ai l'impression de creuser pour trouver un trésor illusoire que je n'arrive pas à conserver. Je suis celle qui a toujours un plan, mais avec toi je perds tous mes moyens et la boussole déconne. Je suis perdue, perdue dans ton regard, perdue dans tes bras que je n'ai plus, perdue dans tes baisers que je ne goûte plus. »

Est-ce que je continue ?

Oui.

Ce message, je l'ai écrit la veille du jour où tu aurais dû venir me rejoindre. La veille de ce jour où tu n'es finalement pas monté dans l'avion. Où l'on a rompu à distance. Mais au moment où j'écrivais ces mots, je n'en savais encore rien.

« Les dernières semaines ont été chaotiques. Parfois les choses ne se passent pas comme on le souhaiterait, et nous devons accepter, communiquer, pardonner. Je veux te voir sourire à nouveau et retrouver ta bonne humeur. Je t'aime. J'ai hâte que tu arrives. »

Mon dieu.

Je ne sais pas si je vais plus loin. Plus on avance, plus j'ai l'impression de me retrouver complètement nue devant toi.

Continue.

D'accord.

Celui-ci fait partie des nombreux brouillons que j'ai rédigés avant de répondre à ton message de rupture, celui que tu m'as envoyé depuis l'aéroport. J'étais furieuse. Et en même temps, je l'avais bien mérité, au vu de mon comportement avec toi les mois qui l'ont précédé. En le relisant, je me rends compte qu'il y a plein de choses que je ne pensais pas. Mais tu sais ce que c'est, que d'écrire dans un accès de colère et de douleur folles.

« Je sais que tu sauras pardonner ce temps de réponse, que j'ai volontairement pris afin de ne rien oublier. Je ne pensais pas pouvoir te répondre de la sorte, aussi robotisée et automatique. Mais compte tenu de l'absence d'émotions que transpire ton dernier message, peut-être est-ce le ton à adopter entre nous désormais.

Tu me cries être un rescapé de toute la souffrance que je t'ai causée. De mon côté, j'en suis la première naufragée. C'est dans ce sens que semble se dérouler le cours des choses entre nous : la mise à mort de l'un, par la renaissance de l'autre.

La puissance des mots – et l'attraction qu'ils ont sur l'être aimé – peut sauver, mais aussi tuer. Tes mots m'ont tuée. C'était pour moi l'amour en caractère 52, en toutes majuscules afin de rendre compte de l'immensité dans laquelle je me trouvais avec toi.

Aujourd'hui pourtant, je suis vide de toute émotion. Je ne sais plus ce qui est bien ou mal, ce qui est bon ou mauvais, ce qui a du goût ou bien ce qui est fade. Je pensais tout savoir de la vie, je me rends compte que je ne sais finalement rien. Tu ne viens plus, tu ne m'aimes peut-être même plus, et c'est probablement la meilleure chose qui puisse nous arriver à tous les deux. »

Bordel… Ça me brise le cœur.

C'est tellement étrange de finalement te les envoyer. Ils reviennent tous à ma mémoire tout à coup alors que je les en tenais éloignés. C'est comme s'ils existaient réellement pour la première fois.

Moi aussi, il y en a un que je t'ai écrit et que je ne t'ai jamais envoyé :

« Je suis resté dans cet aéroport, là où tu m'as laissé, là où je t'ai laissée. J'ai encore l'odeur de tes cheveux. Je sens encore ton corps sous mes mains, contre moi. Cette épaule sous mes lèvres. Et ce tissu qui sépare le reste.

Quand je te disais, j'ai besoin de toi, je te disais : reste. Mais tu es partie. Je peux te sentir là. Tu portes la beauté du monde. »

Je pense que l'on n'oublie pas. On n'oublie jamais. Je me suis rendu compte qu'il était vain de chercher à effacer de ses pensées les souvenirs de la personne que l'on a aimée, avec pour seul prétexte qu'ils sont trop douloureux. Le temps fait bien les choses, la douleur s'atténue peu à peu, la rancœur aussi, mais les souvenirs restent. Et ils deviennent, avec le temps, moins douloureux. Alors on est heureux de ne pas avoir eu d'autre choix que de les conserver.

Ce serait bien plus simple de pouvoir tout effacer, en un claquement de doigts, n'est-ce pas ? Mais on n'oublie jamais. J'ai appris que malgré la douleur, l'angoisse, la tristesse, le désespoir, on survit toujours. J'ai appris à accepter l'idée qu'une partie de moi t'appartiendra toujours. On n'oublie pas quelqu'un que l'on a aimé.

Et ce, peu importe l'issue, qui s'est avérée être un beau naufrage pour nous. Et si l'idée de poursuivre ma route sans t'avoir à mes côtés me paraissait irréaliste et irréalisable il y a quelques mois, c'est pourtant bel et bien le cas maintenant.

Et je pense, paradoxalement, n'avoir jamais été aussi proche du bonheur que maintenant. Parce que ce qui est libérateur, c'est d'accepter l'idée de te garder dans un coin de mon cœur pour toujours, sans chercher à t'en faire sortir, et d'avoir pris conscience que le premier véritable amour que l'on se doit de donner est le respect et la considération que l'on se porte à soi-même.

Quels mots d'une sagesse infinie. Chaque être humain devrait les lire après une rupture, le monde se porterait bien mieux.

## 26 octobre

14h50

Plus j'y pense, plus je me demande si c'était une bonne chose de t'envoyer tous ces messages. Peut-être faisaient-ils partie de ma mémoire intime et personnelle. Je ne sais pas si tous ces mots que l'on écrit pour se soulager, pour matérialiser des souffrances, des bouleversements passés, doivent être partagés à la personne qui les a inspirés.

Pourquoi c'est si dur pour toi de te dévoiler ?

Parce que j'ai peur de me trouver de nouveau à ressentir.

## 27 octobre

11h45

Je te connais suffisamment pour savoir que tu réfléchis encore à ce que l'on s'est écrit hier. Relève la tête et souris, il y a un beau soleil dehors.

Je marche en souriant dans la rue, je te l'assure.

Mais c'est vrai que tout tourne très vite dans ma tête depuis quelques jours. Après notre rupture, je me suis refusée à tout sentiment. Il était pour moi très difficile de les accepter, encore plus de les dévoiler. C'était tellement plus simple de les nier. Petit à petit, le fait de ressentir quelque chose de particulier pour quelqu'un est devenu synonyme de souffrance – moi qui étais pourtant si spontanée et passionnée. Progressivement, je me suis empêchée d'accepter et de dévoiler mes sentiments, car je ne pouvais pas risquer de souffrir encore une fois. Je préférais l'ivresse de quelques bars et les passions sans lendemain.

Alors, revenir ici, recommencer à t'écrire, et plus encore, te faire part de tous les non-dits que j'avais accumulés, ça m'a sortie tout à coup de ma paralysie émotionnelle dans un énorme fracas.

Et est-ce que ça te fait souffrir ?

Au contraire. Ça m'a réveillée.

## 28 octobre

12h56

J'ai du mal à travailler aujourd'hui, et je suis en train de me rendre compte que ça fait plusieurs jours d'affilée que nous nous écrivons. Ça faisait très longtemps que ça ne nous était pas arrivé.

C'est quelque chose qui te semble étrange ?

Je ne sais pas, dans un sens oui. Et dans un autre, ça me semble tellement naturel.

On essaie de redevenir des amis. Ou quelque chose qui s'en approche.

Est-ce que les amis s'écrivent autant ?

Je pense que ce qui importe, c'est plutôt l'intensité que la fréquence.

J'aimerais savoir ce que tu es pour moi, mais je ne trouve aucun mot encore.

Ça viendra. Parfois le lexique est trop pauvre pour parler de la complexité de nos existences.

29 octobre

30 octobre

31 octobre

## 1er novembre

00h52

01h15

Toi non plus, tu ne dors toujours pas ? J'ai l'impression que la nuit est notre refuge commun.

Peut-être nous parlons-nous la nuit parce que c'est là que se cachent les émotions, quand tout est tamisé et doux, quand le tumulte de la journée s'apaise, quand il ne reste plus que les respirations étouffées et les chuchotements.

Peut-être nous parlons-nous la nuit parce que c'est à ce moment-là que j'ai le plus de courage pour dire, et moins sous-entendre.

Peut-être nous parlons-nous la nuit parce que c'est le seul endroit où nous n'avons plus besoin de justifier notre statut d'amis juste pour nous rassurer.

## 2 novembre

18h59

Je dois te dire quelque chose. Bizarrement, je ne savais pas trop comment te le présenter jusque-là. J'ai rencontré quelqu'un, une femme avec qui je partage ma vie depuis plusieurs mois maintenant. Notre relation est assez bancale ces derniers temps, mais je voulais t'en informer.

23h45

## 3 novembre

22h30

Je suis heureuse pour toi. On a fait du chemin tous les deux.

J'étais inquiet de ton absence de réponse, c'est fou tout de même. Je ne sais pas pourquoi je ressens ça.

Tu as ta place dans ma vie, et je ne veux pas que cela change. Nous allons trouver une manière de compter l'un pour l'autre, je te le promets.

D'accord. Je pense qu'il est temps que j'aille dormir. Je t'embrasse. À bientôt.

**4 novembre**

**5 novembre**

**6 novembre**

## 7 novembre

19h30

Parle-moi de la femme avec qui tu partages ta vie. J'aurais dû te le demander plus tôt, mais j'étais comme gênée de te poser la question, j'en suis vraiment désolée. Je n'ai plus envie qu'il y ait de tabous entre nous…

Ne t'inquiète pas, la situation n'est pas évidente à appréhender pour moi non plus si ça peut te rassurer. Nous n'avons jamais appris à être amis ou dans la demi-mesure tous les deux. C'est tout un nouveau monde à construire.

Elle est très douce, attentionnée, indépendante. Elle m'a fait beaucoup de bien à un moment où j'en avais besoin, où je ne savais plus bien quelle saveur pouvait avoir la vie et où j'avais totalement perdu confiance en moi.

Mais nous avons du mal à nous projeter, nous préférons vivre au jour le jour, maintenant que la frénésie du début est passée, et qu'une lassitude commence à s'installer.

Je ne sais pas bien si nous avons un avenir ensemble, je ne sais pas bien ce que mon cœur ressent réellement pour elle ; si notre attachement mutuel pourrait un jour se transformer en amour.

Et toi, comment se porte ton cœur depuis tout ce temps ?

Je t'apprendrai sans trop de surprises j'imagine, qu'il avait pris pour habitude de papillonner et de butiner d'autres cœurs un peu à sa guise, sans trop de sérieux. Mais je n'ai plus envie de cette vie, j'aspire désormais à autre chose, à construire une véritable histoire d'amour stable, solide, en chassant mes démons du passé. Ma passion pour les débuts d'histoire d'amour a perdu de sa saveur, et je crois que c'est bien mieux ainsi.

Je ne peux qu'approuver en imaginant tous les cœurs que tu as dû briser, le mien y compris. 😊 C'est beau de voir que l'on a grandi et mûri chacun de notre côté.

## 8 novembre

## 9 novembre

18h18

J'ai eu l'envie de t'écrire toute la journée hier pour te dire que ma relation n'avait rien à voir avec celle que nous avons vécue, te demander si c'était la même chose pour toi. C'est drôle, ce besoin de me justifier. Drôle et très agaçant à la fois.

Non, ne te justifie pas. C'est normal que tu ressentes cela. Nous essayons de définir la relation qui nous lie désormais, et c'est loin d'être évident. Ne te justifie jamais d'avancer. Sache que je suis heureuse pour toi que tu y sois parvenu. On n'était pas faits pour être en couple, et je trouve merveilleux que l'on devienne autre chose aujourd'hui.

Concernant tes inquiétudes, ai-je réellement besoin de répondre à ta question ? Ce que nous avons vécu ensemble dépasse tout entendement, et je ne pense pas que je retrouverai de sitôt l'intensité de notre amour. J'ai plutôt eu l'impression ces dernières années d'essayer de revivre les derniers émois de l'adolescence alors que je deviens une femme. Je ne tombe plus amoureuse.

Peut-être est-ce pathétique, je ne sais pas bien. J'aimerais que ça change…

Je peux être tout à fait honnête avec toi ?

Bien sûr.

Si j'ai une petite douleur dans le cœur aujourd'hui, et que je ne t'ai rien écrit hier, c'est que j'ai du mal à faire la part des choses dans ce que je ressens. Il y a plein de choses que j'ai besoin de te dire depuis tant de temps, et même si je ne veux pas donner l'impression de ressasser encore notre passé, puisque nous l'avons enfin clos, je pense que c'est important que je t'en fasse part.

Tu sais, parfois, si ce n'est souvent, j'ai eu envie de revenir en arrière, abandonner ce voyage, te serrer dans mes bras pour te dire qu'on réussira à surmonter tout ça.

Je te demande pardon d'avoir fui à l'étranger alors que nous venions de tomber amoureux et de n'avoir pensé qu'à moi. Je te demande pardon d'avoir eu tant peur de m'investir, tout ça pour si peu de chose. Je me plaisais à dire qu'« en amour, il faut s'attendre à souffrir », je peux t'assurer que j'en ai fait les frais.

Je sais qu'il est trop tard pour changer quoi que ce soit, et ce n'est même pas ma volonté, seulement j'avais ce besoin depuis bien longtemps de te dire enfin les choses telles qu'elles sont et ont été pour que tout redevienne sain entre nous.

Lire ces mots me fait énormément de bien. Ils pansent un peu mon cœur, qui, je l'avoue, a été violemment malmené.

Tu sais, même après tout ce mal que nous nous sommes fait – et tu es loin d'en être la seule responsable –, même après que nos cœurs ont été si loin l'un de l'autre, je penserai toujours à ces nuits fiévreuses d'amour fou que nous avons vécues durant tous ces mois et à combien j'ai pu t'aimer.

Ne t'inquiète pas, tout ça est désormais derrière nous.

20h40

Un café, ça te dirait ?

20h56

•••

21h45

•••

22h10

•••

À partir de la semaine prochaine,
oui, pourquoi pas.

## 10 novembre

## 11 novembre

19h22

Tu pourrais me redonner le titre de ce roman de Marguerite Duras dont tu ne pouvais plus te passer ?

*Le Ravissement de Lol V. Stein.*

C'est beau, ce verbe « ravir », si proche de ce nom « ravissement », au double sens si fort. Quel sens a-t-il, ce titre, selon toi ?

Lola a été ravie par amour dans le plus grand ravissement.

C'est ravissant. Tu as toujours su manier les mots avec délices et acrobaties.

C'est sûrement une des choses qui nous ont le plus rapprochés et le plus détruits.

## 12 novembre

18h30

Je suis à Pompidou, devant mon tableau préféré de Matisse, *Intérieur à Nice, la sieste*.
Ces couleurs m'ont tout à coup rappelé ton petit carnet, tes robes et ta manière de danser. Non pas précisément ces choses, mais ces choses prises ensemble, le soleil au-dessus, la couleur au milieu, la mer tout autour, toi là-dedans, dans la cabine sans fond, dans la chambre sans lune.

Tes mots n'ont jamais cessé de créer des mondes dans lesquels je peux être heureuse.

## 13 novembre

21h04

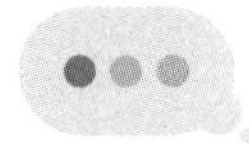

## 14 novembre

23h40

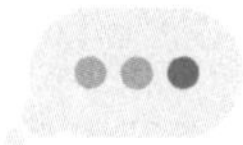

## 15 novembre

10h12

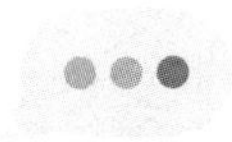

20h48

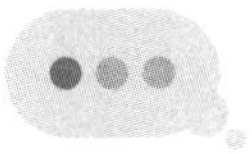

## 16 novembre

18h00

On va le prendre, ce café ? Ou ce verre, peu importe. Je voudrais te revoir, même rien qu'une seule fois. Je voudrais me rappeler cette sensation dans mon ventre quand je suis avec toi.

Rendez-vous dans 1h30. Dans ton café préféré.

19h32

Je crois que j'ai un peu peur. Ça fait combien de temps que l'on ne s'est pas vus ?

Deux ans, il me semble.
Je suis terrifié.

S'il te plaît, ne nous faisons pas la bise. C'est la limite de l'amitié que je ne peux pas atteindre.

On trouvera notre manière à nous de nous dire bonjour.

01h40

Tu es bien rentrée ?

À l'instant.

Je ne le devrais pas, mais je n'arrive pas à m'en empêcher. Te revoir m'a rappelé pourquoi j'étais tombé amoureux de toi : tes yeux, ton sourire, ton humour, ton rire, ton savoir, ta curiosité, tes manies, ton obstination aussi.

Suis-je sot d'avoir l'impression qu'il y a toujours quelque chose entre nous ?

T'avoir revu a tout fait remonter en moi, l'amour comme la douleur, l'espoir comme la tristesse et la peur. Ces deux années loin de toi avaient apaisé mon cœur, et je prends une telle claque d'émotions aujourd'hui que je suis incapable de penser à autre chose.

Je pensais avoir réussi à me raisonner à ton sujet, à me convaincre que je t'avais oubliée, et que je voulais que tu sois mon amie. Je pensais même, orgueilleusement, que j'avais réussi à éteindre le feu. Et puis voilà. Tu surgis, et tout s'enflamme de nouveau. Pas un feu de paille. Un feu de forêt à l'intérieur de moi. De nouveau, j'ai le cœur qui bat. Le corps qui se réveille. L'obsession de tes mots.

On n'aurait jamais dû se revoir.

Se revoir, je crois que c'était inévitable.

Je trouve cette histoire bien plus belle dans sa différence, sa singularité, son insolence et sa malice. Je ne te voudrais pas autrement.

On ne sera jamais dans une relation traditionnelle, mais c'est tant mieux. Parce que ce n'est pas ce qui m'intéresse.

Tu sais, partout où je vais tu es toujours là – la présence diffuse de ton parfum, ton image filigranée dans mes pupilles, une infime partie de la substance de ton être – cette chose que je ne parviens pas à nommer me suit et m'habite en tout temps et en tout lieu. Je ne sais pas quel chemin emprunter ou quelle action entreprendre, mais je suis convaincu que nous nous sommes déjà rencontrés.

Et j'espère que nous nous retrouverons d'une autre manière que celle que nous avons déjà connue.

05h34

Je n'arrive pas à dormir. Je ne veux plus user de subterfuges ni de détour et je crois que me convaincre que cette relation amicale me convient est un mensonge. Parce qu'on ne ressent pas tant le besoin de définir la nature d'une relation lorsque l'amitié est évidente.

Ce que je ne t'ai pas dit, lors de notre verre, c'est que ces deux dernières années, je me suis épuisée, je me suis saoulée aussi, j'ai fait l'amour avec des garçons qui n'avaient rien de toi, qui étaient tous toi. Je te veux partout, je te vois partout. Je me suis tue longtemps puis j'ai crié si fort que j'en ai ri aux éclats, que j'en ai ri aux sanglots. Je me suis dit, c'est fini, je ne le verrai plus, mais je n'ai pas tenu longtemps. J'ai supprimé ton numéro, puis j'ai voulu t'appeler il y a six mois, dans ma jolie robe vert d'eau, quand j'avais trop bu et que personne n'aurait pu me ramener au moment présent. J'ai dû inverser quelques numéros, j'ai dérangé cette dame inconnue à minuit, ne pouvant lui dire combien tu me manquais. Je me suis roulée en boule, j'ai suffoqué, je me suis réveillée en pleurant quand je rêvais que tu revenais. Quand je rêvais que tu ne revenais pas. J'ai ouvert ma porte au moindre répit, à la moindre caresse, même la plus interdite. J'ai dormi des semaines sans m'arrêter, j'ai veillé des nuits entières. J'ai fait mine de m'enthousiasmer pour des hommes que je ne regardais même pas et j'ai contemplé ton absence jusque dans les lieux où tu ne m'as jamais accompagnée.

On m'a dit d'être patiente, mais les années ne m'ont pas vraiment guérie. Même mes contradictions me mènent encore à toi...

Plus la vie est belle, plus la partager sans toi me paraît laid.

## 17 novembre

09h30

J'ai très peu dormi cette nuit. C'était bouleversant de te revoir hier, mais pas plus bouleversant que de lire ton message au réveil. Je crois que ce qu'il se passe est dangereux.

Je redoutais ce message (cachée sous ma couette).

Toi et moi, nous sommes deux solitudes qui se sont rencontrées dans le tourbillon de la vie.

Nous sommes désormais arrivés à un carrefour d'où partent mille routes après toutes les péripéties que nous avons déjà connues. Notre début d'histoire écourté par ton départ, ton voyage à l'autre bout du monde, ces mois entiers sans nous voir, puis cette lente et douloureuse dégringolade. Et maintenant, ton retour... On dit que tous les chemins mènent à Rome, eh bien il semblerait que tous les sentiers me ramènent à toi.

Mais il faut que nous fassions attention. Je me sens au bord du précipice avec toi, et je ne veux pas mettre en danger ma relation actuelle, même si elle est à deux doigts de se défaire, ainsi que mon équilibre, qui a été tellement long à reconstruire après la tornade qu'a été notre histoire. J'ai l'impression qu'avec toi, il ne pourrait y avoir que d'énormes explosions face auxquelles je ne suis pas assez armé. J'ai déposé les armes lorsque nous avons rompu. Je ne suis pas prêt à les reprendre.

Nous avons tous les deux encore un long chemin à parcourir pour retrouver une relation amicale saine et différente de ce que nous avons connu. Je veux que tu fasses partie de ma vie, je n'ai aucun doute sur ça. J'ai aimé traverser la tempête de l'anxiété à tes côtés. Nous sommes les heureux vainqueurs d'un combat qu'on ne méritait pas de mener, mais qui a fait de nous des gens plus enclins à sourire à la vie.

J'espère pouvoir rester proche de toi d'une manière ou d'une autre. D'une manière qui ne me donnerait pas envie de foutre en l'air ma vie pour quelques heures de bonheur.

Je ne veux que ton bonheur, alors je suppose que l'on doit prendre effectivement des chemins différents, créer le nôtre, d'une nouvelle manière.

J'espère que ce n'est qu'un changement de trottoir, qu'on ne marchera peut-être plus main dans la main, mais sur des trottoirs parallèles, en gardant un œil l'un sur l'autre, pour que, si l'un de nous deux venait à rencontrer un obstacle, l'autre puisse l'aider à le contourner sans risquer de se faire renverser.

# CHAPITRE 2

# TE RESSAISIR

**(2 semaines plus tard)**

## 2 décembre

12h30

*Maman, je suis perturbée en ce moment. Si je te demandais de choisir : « passion ou raison ? » Tu répondrais quoi ?*

*Tu veux la réponse de la mère, ou de la femme ?*

*Les deux.*

*La mère te répondrait la raison. La femme, la passion. Et si je mets les deux casquettes en même temps, je te dirai que souvent la passion et la raison peuvent être un seul et même choix si on y réfléchit bien et qu'on y travaille. La vie passe vite, ma chérie, fais simplement en sorte de ne pas avoir trop de regrets. La plupart du temps, la solution se trouve déjà en toi, il faut juste épousseter tout ce qui est amassé autour de peur, d'incertitude, d'ego.*

## 3 décembre

17h56

Le mois de décembre a déjà commencé. Deux infos : j'ai réussi le mois sans tabac, mais j'ai complètement échoué le mois sans toi. Je ne devrais pas t'écrire.

Je n'ai cessé de penser à toi.

Je me suis retenue de t'appeler, de t'écrire.

Alors je t'ai écrit, plusieurs jours d'affilée. Des inepties. Dans le vide. Sans rien envoyer.

Je t'écris et je frôle le bouton d'envoi à chaque point tapé ou caractère effacé. Là.

Chaque message presque envoyé me faisait traverser cette sensation étrange d'euphorie mêlée à de la déception. Euphorie à l'idée de lire tes réponses. Déception qu'ils ne partent pas, que tu les ignores.

Alors je t'écris et effleure
cette interface utilisateur si
bien calibrée pour éviter un
envoi maladroit alors que je
rêve, au fond, que la pulpe
de mes doigts en cause un.
Je ne devrais pas écrire cela.

Je ne devrais pas.

## 4 décembre

## 5 décembre

23h56

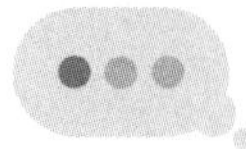

## 6 décembre

22h17

Est-ce que toi aussi il t'arrive d'ouvrir cette conversation juste pour voir s'y dessiner les trois petits points ? Juste pour te rassurer sur le fait que l'envie de reprendre là où l'on s'était arrêtés n'existe pas que d'un côté ?

C'est presque devenu une habitude.

## 7 décembre

15h50

Tout me ramène à toi, c'est incroyable. Je viens de tomber sur une magnifique édition des lettres de Kafka à Milena chez un brocanteur. J'ai ouvert une page au hasard, et je suis tombé sur cette phrase : « L'éclat de vos yeux supprime la souffrance du monde. »

Si je devais ne retenir qu'une seule phrase de toute son œuvre, ce serait peut-être bien celle-ci.

Que fais-tu ?

J'ai du mal à travailler, je ne parviens pas à me concentrer. Dès que je suis seul, je pense au réchauffement climatique et j'ai peur.

Je ris.

Tu es si différent, j'avais oublié.

De qui ?

Des autres.

C'est pas pratique.

C'est magnifique.

## 8 décembre

04h03

Te croiser ce soir par surprise a littéralement éveillé tous mes sens. Malgré moi.

Ta beauté était délicieusement violente. Pardon de le dire, mais je n'arrivais plus à le contenir.

05h01

Depuis que je t'ai revue, j'arrive plus à dormir.

## 9 décembre

22h35

Je sors du cinéma. Je suis allé voir un film d'amour qui m'a un peu chamboulé et je me posais une question : comment se porte ton cœur actuellement ?

Peu de choses ont changé depuis notre dernière conversation. J'essaie de reprendre mes marques, petit à petit, dans cette ville que j'avais désertée. Me recréer un entourage, retrouver les personnes et les lieux que j'aimais. Et surtout arrêter de virevolter, car j'en suis terriblement lassée.

Qu'est-ce que tu ressentais pour ces amours d'un soir ou de quelques jours ?

De la légèreté.

## 10 décembre

23h40

C'est peut-être maladroit de t'écrire ça, mais plus j'avance dans ma relation, plus je reviens dans la nôtre. Des bribes d'images, de mots, des odeurs, le son de ta voix. Ce son-là me hante. Tout me hante.

En ce moment, je repasse en boucle cet album qu'on écoutait le soir de notre rencontre pour te ramener un peu vers moi.

Je me rends fou à t'écrire encore ce genre de choses.

Tout a changé autour, mais c'est comme s'il y avait une parcelle intacte entre nous, quelque chose de très innocent, d'intouchable, qui a survécu à toutes les tempêtes et qui, tout à coup, se met à vibrer. Quelque chose qui a toujours été là. Et j'ose te l'avouer, je crois de moins en moins qu'il s'agisse d'amitié.

Je n'arrive plus à aimer de nouveau. J'arrive juste à tisser des liens, faire des rencontres, me donner l'illusion de moments de bonheur, d'instants d'euphorie éphémère où je me persuade que tout ça est loin derrière moi. Ce ne sont que des successions de moments d'illusion à la con, et chaque rechute est un enfer.

C'était si facile de tomber amoureuse de toi, mais qu'est-ce que c'est compliqué de s'en relever.

Et même si on arrivait définitivement à s'en relever, que se passerait-il ensuite ? Tu disparaîtrais de ma vie ?

C'est peut-être parce qu'on ne veut pas répondre à cette question qu'on est incapables d'aller de l'avant.

## 11 décembre

19h35

J'ai eu une belle conversation aujourd'hui avec un ami. On a parlé de ces relations qui n'ont pas de sens, et encore moins de dénominations communes telles que l'amitié, l'amour, ou la famille. De ces personnes que tu rencontres un jour et qui embellissent ton quotidien, de près ou de loin. On ne peut pas qualifier ces liens, mais c'est sans importance, car ces relations sont fondamentales. Je crois que c'est ce que tu es pour moi, et j'essaie désespérément de trouver la bonne manière de te garder dans ma vie.

Ce n'est pas une déclaration d'amour, mais je crois que c'est peut-être même mieux et plus intense que ça.

Je pense qu'il n'existe nulle part ailleurs un jeune homme combinant tous les paradoxes qui semblent t'habiter.

## 12 décembre

18h25

J'aurais dû te retourner la question la dernière fois. Comment cela se passe-t-il dans ton couple en ce moment ?

J'ai vraiment envie que nous puissions parler de tout ensemble, mais à l'évidence ce n'est pas si simple.

Ce qui était déjà enclenché se confirme, notre relation se délite petit à petit, mais sans aucune amertume, rancœur ou colère. Je crois simplement que nous ne sommes pas amoureux l'un de l'autre, même s'il y a beaucoup de tendresse entre nous.

L'amour, c'est quelque chose que tu recherches à tout prix dans tes relations ?

Tu sais que j'ai toujours été un idéaliste.

## 13 décembre

18h30

Toi qui as parcouru le monde, je me demandais, de tous les pays où tu as habité, où as-tu été le plus heureuse ?

Dans tes bras.

Tu me feras visiter ?

Je pourrai t'en faire visiter d'autres aussi.

Lesquels par exemple ?

Mon esprit, mon cœur.

## 14 décembre

21h40

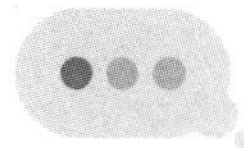

## 15 décembre

11h03

Excuse-moi si c'est déplacé, j'aurais préféré venir t'écrire pour te dire que je comprenais un peu mieux le foutoir émotionnel dans lequel nous nous trouvons, et que je serais heureuse si j'arrivais à être ton amie, mais aux dernières nouvelles, j'ai rêvé de toi toute la nuit.

J'avais oublié ce que c'était.
De vivre pour ces moments où mon cœur bat quand ton nom s'affiche sur mon écran.

J'ai trop d'affection à ton égard depuis quelques jours. C'est bien loin de notre ligne de conduite. Je dois me ressaisir.

Moi aussi, je dois te ressaisir.

20h18

Tu crois qu'on est en train de se brûler les ailes ?

Peut-être, oui… mais on aura volé.

J'aimerais que tu me promettes une chose : quoi qu'il se passe entre nous, maintenant ou plus tard, ne me tourne jamais le dos comme si tout cela n'avait pas compté, comme si je ne signifiais rien pour toi. Si nous décidons, pour toutes les bonnes raisons que nous avons, de mettre un terme à cette histoire délirante, prenons le temps de mettre quelques mots sur ce bazar.

C'est promis.

C'est étrange, avec toi c'est un mélange de frustration et de bien-être intense. J'ai constamment l'impression de vaciller entre les deux, de tituber sur un fil. Je sens au fond de ma poitrine le sentiment que tu provoques, je l'entends presque respirer, me murmurer ton nom, ta peau, tes bras. Je l'écoute te réclamer, t'implorer même à certains instants. Mais je suis incapable de lui donner vie au creux de mes lèvres, de le nommer, lui donner corps pour te l'expliquer, pour le comprendre moi-même.

## 16 décembre

15h14

Il y a des moments comme ça, où comme aujourd'hui à 15 h 14, j'ai envie que tu sois là.

18h18

C'est étonnant ! Il m'est arrivé la même chose hier à 20 h 37.

## 17 décembre

01h40

C'était évident que tu serais là ce soir.

...

Regarde sur ta gauche. Près du bar.

Bonsoir toi. Belle chemise.

Tu veux jouer ?

Avec toi, toujours.

Règle n° 1 : nous avons l'interdiction de nous dire bonjour.

Règle n° 2 : comportons-nous en parfaits inconnus le temps que nous resterons dans ce club.

Règle n° 3 : le seul mode de communication auquel nous ayons accès : les SMS.

Ai-je le droit de pimenter le jeu ?

À toi de me le dire.

Règle n° 4 : pour la première fois depuis que tu es rentrée, aucun interdit dans nos échanges. C'est une ère de non-droit pour quelques heures.

D'accord.

Je peux commencer ? Ça fait des jours maintenant que ce message me brûle les doigts.

Oui.

C'est terrible, j'ai beau culpabiliser, me torturer l'esprit de cette situation que je ne parviens pas à maîtriser, je n'arrive pas à m'enlever de la tête toutes les choses insensées que j'ai envie de te faire. Je suis incapable de penser à autre chose que tes mains sur mes cuisses et tes dents enfoncées dans la chair de mon épaule. Et à chaque fois, ça me donne chaud comme t'as pas idée…

Tu ne peux pas imaginer ce qu'il se passe dans mon corps là, en lisant ce message.

Que s'y passe-t-il ?

J'ai des courants électriques tout doux qui me traversent.

Les jambes qui tremblent et, pardon de le dire, une envie grandissante de t'embraser.

J'aime bien quand tu oublies des « s ».

J'ai vu aussi. Et j'ai préféré en fait.

(Je ne te vois plus.)

(C'est normal, je suis juste derrière toi.)

Sens-tu que nos regards recommencent à inventer leur propre langage ?

La distance entre ton corps et le mien ne se mesure plus en mètres, elle se mesure en volts.

D'ailleurs, je suis en train d'imaginer une scène sympa, de toi les yeux bandés, et moi entre tes jambes.

🔥

Raconte-moi comment on en est arrivés là.

Oh, je commencerais certainement par t'effleurer du bout des doigts, des lèvres jusqu'à l'entre-sein.

La langue ensuite, de bas en haut. J'y trouverais la tienne derrière un petit sourire, tes yeux bientôt fermés.

On s'embrasserait, on se chamaillerait avec la cime de nos langues.

Tandis qu'en contrebas, je ne laisserais certainement pas seul ton entrejambe.

Mon dieu.

Pour tes paumes sur mon épiderme, je dirais oui à beaucoup de choses.

02h30

J'ai peur de quitter cet endroit et que ce moment soit fini. Je sais qu'à la minute où l'on passera le pas de cette porte, le retour à la réalité sonnera.

04h45

Je viens d'arriver chez moi. Je connais les règles, je sais que nous devions arrêter une fois rentrés, mais me donnes-tu l'autorisation de t'envoyer un dernier message qui se passe de toute règle ?

Oui.

Si un jour tu t'es perdu, que tu ne trouves plus aucun sens à cette vie que nous nous efforçons de mener, rappelle-toi que rien n'avait plus de sens qu'un je t'aime et ton souffle sur mon corps.

Ce qui est beau, c'est d'écrire sans réfléchir. Surtout lorsqu'on n'est plus maître de soi. Alors les mots se délient, et ne reste plus que la vérité. Mais ce soir, la vérité est floue et contenue, enfermée dans une sorte de pudeur indéchiffrable. La peur ? Peut-être.

Pourtant, je sais que tu sauras lire entre ces lignes un peu ivres.

Si tu n'y arrives pas, je te le dis : tu me manques.

## 18 décembre

13h03

Le regard que tu as posé sur moi cette nuit m'a réchauffé. Il a fait resurgir des choses que j'avais fini par oublier. Et des choses que j'avais totalement refoulées.

Alors simplement merci. Peut-être que l'alcool a joué un rôle dans tout ça, mais peu importe. Le temps d'une soirée, j'ai frémi et j'y ai cru de nouveau. Je te remercie sans trop savoir si c'est une bonne chose ou non, mais c'est le premier mot qui m'est venu en ouvrant les yeux ce matin.

Ce serait plus simple, si ce n'était que l'alcool.

Tu fous littéralement le bordel dans ma vie.

Mais de la meilleure des manières.

20h56

Je peux te poser une question ?

Bien sûr.

Comment tu aurais réagi ?

Comment j'aurais réagi si ?

Si au lieu de chercher ta joue, j'étais venue chercher tes lèvres hier soir ?

Hier, c'est ce dont j'avais le plus envie au monde, tu comprends ? Au monde, t'embrasser. Sentir tes lèvres sur les miennes.

Pourtant, même si ma relation est sur le point de se défaire, je ne veux pas être infidèle, bien qu'on puisse considérer que c'est déjà un peu le cas… Je crois aussi que j'ai peur des répercussions que ce baiser pourrait avoir dans nos vies. Comme s'il avait le pouvoir de tout bouleverser. Il couperait court à tous nos efforts pour essayer de bâtir autre chose que de l'amour, même si je me dis de plus en plus que c'est un leurre.

Et toi, comment tu aurais réagi ?

Oh, tu sais, parfois je pense que mon existence est toute petite et qu'un jour je partirai à mon tour. Alors ça me donne envie de faire des choses folles, comme te dire que tu me plais toujours, que je n'ai plus envie de chercher comment faire partie de ta vie, que l'effet que tu as sur moi n'a pas pris une ride, et que j'aimerais que tes lèvres soient à moi, au moins encore une fois. Savoir si elles ont toujours le même goût. C'est ce que j'aurais aimé te dire hier soir.

C'est dingue, car je suis incapable de donner vie à tout ça au creux de mes lèvres, de le nommer, lui donner corps pour te l'expliquer, pour le comprendre moi-même. Alors je reste là, vacillant, titubant, le long de mon fil de sentiments, à attendre la chute, ou peut-être la terre ferme.

Qu'est-ce qui me rassurerait ? Sûrement un peu de clarté dans ce brouillard. Être en mesure de te dire ce que je ressens sans avoir l'impression troublante que je vais de nouveau mordre la poussière de ton absence à tout moment si tu as l'impression de ne plus te sentir libre.

Tu sais, en fait, je crois que je ne me suis jamais sentie aussi libre que lorsque tu m'aimais.

# CHAPITRE 3

# DES SECOUSSES DANS LE VENTRE

(4 semaines plus tard)

## 14 janvier

*Maman, penses-tu qu'il est possible de tomber amoureux deux fois de la même personne ?*

*Je dirais même qu'il est possible d'en tomber amoureux trois, quatre, cinq, six ou autant de fois que tu voudras. Pour moi, le nombre compte peu, ce qui importe surtout, pour toi comme pour cette personne, est surtout d'apprendre à l'aimer de la plus belle manière possible.*

*C'est-à-dire ?*

*Steinbeck écrivait à son fils aîné la chose suivante :*

*« Il y a différents types d'amour. Le premier est égoïste, méchant, possessif, narcissique et n'est qu'un faire-valoir pour l'ego. C'est un amour laid et paralysant. L'autre est une libération de tout ce qu'il y a de bon en toi : gentillesse, considération et respect. Je ne parle pas seulement du respect social des bonnes manières mais du profond respect, c'est-à-dire la reconnaissance d'une personne en tant qu'être unique et précieux. Le premier type d'amour peut te rendre malade, petit et faible tandis que le second peut révéler ta force, ton courage, ta bonté et même une sagesse que tu ignorais posséder. Et ne t'inquiète pas de le perdre. Si cela doit arriver, cela arrivera : le plus important, c'est de ne pas se presser. Les bonnes choses ne disparaissent pas comme ça. »*

*La quête de l'amour est une des plus grandes aventures de la vie.*

*L'aventure ne fait que commencer, alors.*

## 15 janvier

00h45

Nous avons rompu ce soir. C'est elle qui a ouvert la conversation, moi qui craignais de le faire, de ne pas trouver les bons mots, de la blesser. Finalement, on ressentait tous les deux exactement la même chose, une lassitude et une absence d'amour dans sa définition première.

Comment tu te sens ?

Je suis ému, soulagé et heureux de la tournure des choses qui permet une rupture douce et bienveillante. Comme je n'en avais jamais connue, à vrai dire. C'était le moment d'en parler, notre relation virait complètement à l'amitié, et je suis rassuré que ça se soit passé sans éclats ni tristesse inconsidérée.

C'est beau, d'arriver à se quitter sans se blesser. En réussissant cela, tu sais que tu la garderas dans ta vie quoi qu'il en soit.

Je ne suis peut-être pas la personne la mieux placée, mais si tu as envie d'en parler, je suis là.

## 16 janvier

16h08

Je repensais à notre conversation d'hier. Tu penses qu'il faut obligatoirement que les ruptures se passent sans douleur pour arriver à préserver un beau lien avec la personne que l'on a perdue ?

Non, pas obligatoirement. Enfin, je ne l'espère pas. Mais je pense que l'absence de douleurs facilite la suite. La douleur se transforme généralement en rancœur avec le temps, et la rancœur est l'ennemi d'une reconstruction amicale saine post-rupture. Ou bien il faut arriver à faire un travail sur soi pour pardonner totalement, mais je crois que ce n'est pas toujours évident.

Quand j'y pense, j'ai appris tant de choses sur l'amour dans les livres et les films. Sur les ruptures fracassantes également. Mais jamais sur ce qui survient après.

Parce que c'est souvent le néant.

## 17 janvier

20h01

Je viens de réaliser que tous les termes relatifs à l'amour sont douloureux : « coup » de foudre, « tomber » amoureux. C'est comme si l'amour impliquait nécessairement une douleur.

Notre vocabulaire porte le poids de nos émotions. Il y a toujours eu une ambivalence forte entre amour et douleur, et on a parfois l'impression que les moments où l'on ressent le plus l'amour sont les moments où l'on a mal. Roland Barthes va même jusqu'à parler de « déréalisation » dans *Fragments d'un discours amoureux*, « sentiment d'absence, retrait de la réalité éprouvé par le sujet amoureux, face au monde ». J'aimerais délester le lexique amoureux de tout son lot de douleur pour lui donner des nuances d'espoir et d'enthousiasme. Dieu merci, l'amour n'existe pas que dans la douleur. C'est beau d'aimer simplement et d'être heureux.

Comment tu te sens ?

Je vais bien, je suis apaisé. J'ai croisé mon visage dans les vitrines aujourd'hui, et j'ai remarqué que je souriais bêtement. Ça m'a surpris.

Tu es beau quand tu es heureux, c'est comme ça que je te préfère.

## 18 janvier

23h45

Je me sens désormais autorisé à penser à toi quand je le souhaite, sans aucune culpabilité.

Et tu sais quoi ? En ce moment, j'ai même envie d'annuler tous mes plans pour rentrer chez moi le soir, m'allonger sur mon lit, et penser à toi. Juste penser à toi.

C'est ce que tu es en train de faire là ? J'ai oublié ta voix.

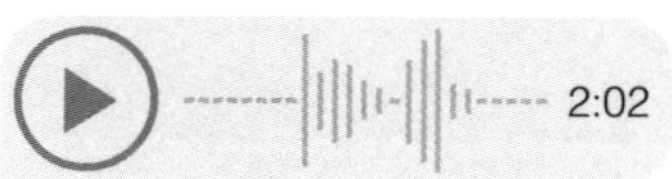

## 19 janvier

03h45

Je suis arrivée trop tard pour envoyer un message de bonne nuit et que tu puisses le voir avant de fermer les yeux. Alors je vais tenter d'être là dès le réveil, comme pour le matin de ton anniversaire. Hier soir, j'ai versé quelques larmes après m'être retrouvée à ressentir de nouveau en écoutant ta voix. J'ai dansé jusque très tard. Ça faisait un petit bout de temps que je ne savais plus où aller, où laisser mon esprit vagabonder... J'avais ce voile qui m'enveloppait dans un sentiment confortable d'instabilité.

Durant cette soirée, j'avais les mots « tu me manques, reviens » dans la tête, et je pense qu'ils t'étaient tous destinés.

Bonjour.

10h04

Tes mots tournent en boucle dans ma tête. Comme tes cheveux sur tes épaules. C'est étonnant comme l'éphémère peut s'inscrire dans le temps et comme les certitudes peuvent voler en éclats d'une minute à l'autre. Aujourd'hui, la seule chose que je suis persuadé de savoir est que je ne sais pas. J'aime l'inconnu, la seconde d'après, l'instant T+1.

Toi, tu agites cela en moi. Le silence précieux, les parcelles mémorisées. Tu es naturelle et surnaturelle. Originale et originelle. Nos étreintes passées résonnent dans mon système nerveux. Non loin de tes bras, j'ai l'impression d'être à la fois hors du temps et tellement à ma place.

## 20 janvier

17h56

Coucou

Qui êtes-vous ?

La chance.

Saisis-la.

Tu me fais tourner la tête.

Profites-en pour regarder
tes fesses, ça vaut le coup

## 21 janvier

20h40

Tu sais ce qui aujourd'hui me rassurerait beaucoup ? De parler très très longtemps avec toi et de baigner mes oreilles dans ta belle vision du monde.

« Me voici de retour et la passion couve toujours, fumante comme du vin chaud. Non plus la passion de la chair, mais une faim de toi, une faim dévorante. Dans les journaux, je lis les articles sur les meurtres et les suicides et je les comprends parfaitement.
Je me sens meurtrier, suicidaire.
J'ai comme l'impression que c'est une honte de ne rien faire, de se contenter de passer le temps, de le prendre avec philosophie, d'être raisonnable. Où est le temps où les hommes se battaient, tuaient, mouraient pour un gant, pour un regard, etc. ? »

C'est une lettre d'Henry Miller à Anaïs Nin.

Tout à fait à propos.
Étrangement similaire à ce que je ressens en ce moment.

## 22 janvier

19h20

Nous n'arrivons définitivement pas à être amis. Être amoureux ne nous a pas réussi. Être amants serait trop douloureux. Alors quelle est la solution ?

J'en ai une simple. Essaie sans moi. J'essaierai sans toi.

D'accord.

Qui commence ?

Toi.

01h40

Tu pourrais ne plus me parler pour une blague ?

Non.

Par contre, je pourrais t'embrasser pour un sourire. Je ne sais pas si ça compte.

## 23 janvier

00h10

Ça me manque de ne plus sentir tes doigts s'accrocher à ma peau comme si tu voulais que la tienne et la mienne ne fassent qu'une. Ça m'obsède.

Tu as le don de raviver les flammes de mes enfers chaque fois que j'essaie de me raisonner.

Le pire dans cette situation, c'est que je ne suis pas du tout seul, chez moi, dans mon lit. Je suis chez des amis, dans un appartement bondé.

Vous faites quoi ?

Eux, ils parlent.

Moi, je t'imagine nue.

J'avais oublié ce que c'était.

Et toi ?

Mes doigts s'amusent
actuellement à deux choses :
– se balader partout en bas.
– jouer à se prendre pour les tiens.

Qu'est-ce que je peux répondre à ça ?
J'ai plus envie d'écrire, en fait.
J'ai juste envie d'arriver, d'être là,
de m'occuper de toi, de t'embrasser,
de t'embraser, de me perdre dans
cet incendie.

D'étincelles en flammes, de
flammes en brasier, de brasier
en feu d'artifice au creux de nos
ventres, il n'y a qu'un pas...

Il suffirait d'une si petite chose.

Le bout des doigts suffirait.

Ou même le bout d'une langue
qu'on n'aurait pas donnée au chat.

Tu me rends fou.

Mon moment préféré, c'est définitivement quand la nuit tombe et que l'on sait qu'à partir de là, tout est possible. Quand on n'est plus des amis, et pas encore des amants. Je sais que c'est éphémère, mais tous ces instants ont l'air tellement vrais que je préfère y goûter tant qu'il est encore temps. Puis ça s'arrêtera, et tu me manqueras. Jusqu'à la prochaine fois.

Est-ce que tu joues avec moi ? À ce jeu de l'amour, comme avec tous ces autres ?

Non, je ne peux pas jouer avec toi, je n'y arrive pas. Je n'y arriverai jamais.

## 24 janvier

14h00

Pourquoi n'écoutons-nous pas la vie qui continue à essayer de nous unir ?

Parce qu'on a la trouille.

Essaie en premier.

Je te rattrape si tu tombes.

## 25 janvier

20h00

Je repensais à la question que tu m'as posée hier, « pourquoi n'écoutons-nous pas la vie qui continue à essayer de nous unir ? » Et je crois que c'est une question importante.

Dès lors que tu reviens dans ma vie, tu as toujours cette fâcheuse tendance à occuper l'entièreté de mes pensées et de mon être. Et pourtant, tu es la reine de l'évanescence, de la fuite en avant, des départs impromptus. Il faut avoir la rage au ventre pour se laisser envahir par toi, pour accepter tes multiples débuts d'histoires d'amour avortés, cette frénésie que tu contiens et qui semble insatiable sur la durée. Je ne m'en suis jamais tout à fait relevé d'ailleurs. Comment te tempérer, accepter de te donner son cœur lorsque tu ne cesses de disparaître dès que tu trouves que la saveur du début est un peu trop lointaine ?

Je n'arrive pas à te parler clairement de mes dilemmes intérieurs.

Parce que j'ai l'impression qu'ils auraient le pouvoir de tout bouleverser et éclipser. Et parce que tu me fais bien trop peur pour que je commence à les considérer.

Je ne sais pas quoi répondre à tout ça. Ça m'attriste de me retrouver dans ce profil que tu dessines.

J'ai peur de retomber dans les pièges de l'amour, c'est pour cette raison que je ne me mettais plus en danger, que je ne m'embarquais que dans des aventures dans lesquelles je pouvais me comporter en cheffe d'orchestre. Dans lesquelles je pouvais choisir ce que j'avais décidé de ressentir. Toi, tu représentes le danger ultime, celui duquel on ne se relève pas. Le danger de la raison. Tu es tellement raisonnable que tu serais capable de faire totalement abstraction de nos sentiments, s'ils devaient revenir sur le devant de la scène, par peur de te lancer dans une histoire que tu juges impossible. Tu es d'ailleurs tellement raisonnable que tu m'as quittée avant même de venir me rejoindre.

Mais je ne veux pas ressasser tout ça.

Ce qu'il se passe entre nous, quel que soit le nom qu'on lui donne, est ce qui me fait le plus de bien depuis longtemps. Alors pourquoi sacrifier toute cette joie pour des craintes ? Tempérons-le plutôt, apprenons à vivre avec. Peut-être que l'on va finir par souffrir comme jamais effectivement, mais peut-être aussi que l'on sera heureux au final. On n'en sait rien et on s'en moque, car si nous restons le nez dans le passé, nous serons incapables de reconstruire quoi que ce soit, que ce soit de l'amitié ou autre chose, et je ne veux définitivement pas te rayer de ma vie.

## 26 janvier

14h00

Je rêverais d'un câlin.

Moi aussi, j'aimerais t'en faire un.

Un doux ?

Un très doux qui dit « tout ira bien ».

## 27 janvier

17h30

Tu seras présente ce soir ? Je t'ai vue dans la liste des invités.

Je pense passer au cours de la soirée. Dois-je me préparer à t'y voir ?

Il semblerait.

01h49

Je suis partie comme une voleuse, j'étais ivre et épuisée.

Chaque fois que je te redécouvre un peu plus, je dois t'oublier un peu plus fort. C'est l'un des paradoxes les plus douloureux qu'il m'ait été donné de vivre. Chaque fois que je te vois, je dois fermer les yeux sur les évidences si je ne veux pas pleurer ces larmes silencieuses, coupantes et acérées, celles qui ne font pas de bruit et n'ont pas le droit d'exister.

Je ne veux plus me fourvoyer, je rêve juste d'une vie où on aurait le droit de s'aimer. Où l'on pourrait tout recommencer. Arrêtons de nous mentir.

Si tu trouves ce chemin, rejoins-moi, je t'attends.

02h30

Je suis devant ta porte.

## 28 janvier

11h30

Je souris comme un idiot dans la rue.

Merci de m'avoir volé ces baisers.

Je te les ai empruntés. J'espère pouvoir te les rendre bientôt.

Cette nuit, tu as tout fracassé dans mon cœur, sans même que nous fassions l'amour. Ce que je pensais être, ce que je pensais que je serais. Pendant un moment je n'ai plus rien su. J'étais hors du temps.

C'est déstabilisant d'avoir passé cette nuit ensemble. Déstabilisant de sentir ton odeur de nouveau sur moi et d'avoir le sentiment de ne jamais l'avoir vraiment oubliée. Et je ne parlerai même pas de l'évidence de tes mains sur mon corps. Mais je me demande quel est le sens de tout cela, je me force à ne pas y penser, car je n'ai pas envie d'intellectualiser, mais c'est plus fort que moi.

Je ne veux pas souffrir, je n'ai plus envie de souffrir. Alors je crois que nous allons être obligés d'intellectualiser.

Parce que le problème, c'est que maintenant, et qu'est-ce que ça m'emmerde, la seule chose à laquelle je pense, c'est te revoir. Je suis toujours dans le questionnement avec toi et je suis fatigué. J'aime rêver, mais ce que j'aime encore plus, c'est le concret.

Tu sais, la vérité, notre vérité, me fait peur aussi. Malgré mes nombreuses tentatives pour essayer de t'oublier et faire comme si tout cet amour n'avait jamais existé, j'ai l'impression que mon corps et mon cœur t'appartiennent toujours. Nous en avons eu la preuve finale la nuit passée. Alors qu'est-ce que tout cela signifie ?

J'ai envie de t'écrire « ne prenons pas de décisions hâtives », mais nous avons déjà trop répété ce genre de phrases, alors si nous devions en prendre une, laquelle serait-elle ? Peut-être devrions-nous commencer par là afin de choisir ensemble le chemin pour y parvenir.

La seule décision hâtive qui me semble acceptable ressemblerait à ça : nous retrouver pour nous aimer sans retenue et faire l'amour sauvagement.

Tu me fous des secousses dans le ventre.

## 29 janvier

23h45

Qu'est-ce qui te retient aussi fort qu'on essaie de revivre quelque chose ensemble ?

Je crois que je ne connais personne pour qui ça ait marché de retenter une histoire d'amour qui avait échoué une première fois. Alors je te dirai que ce qui me retient est une succession de peurs.

La peur de l'abandon.

La peur de la déception.

La peur de répéter un même schéma.

La peur de ne pas avoir suffisamment appris de la situation.

La peur d'avoir abîmé quelque chose en le rompant une première fois.

La peur de souffrir.

Je vais te dire quelque chose, moi je n'ai plus peur. Je n'ai plus envie de passer à côté de ma vie. Nous n'avons cessé de nous demander ce qui subsistait une fois l'amour passé. Mais je crois que nous ne nous poserions pas autant la question si l'amour était vraiment passé. N'oublie pas que la vie passe vite, et que les peurs n'ont pas beaucoup de place dans une existence qu'on ne peut mettre sur pause.

## 30 janvier

17h45

C'est vraiment fatigant, ce qui nous arrive.

Épuisant même. Pourtant j'aimerais bien me fatiguer un peu plus en passant mes prochains jours nue chez toi, alternant entre la douche et le lit, un bouquin et ton corps.

Tu joues avec mes émotions à me dire des choses comme ça…

Tu l'as cherché.

Si ma peau pouvait crier et que la tienne la fasse taire, on n'aurait plus besoin de parler.

Tes lèvres me manquent.

Si seulement je ne ressentais que le besoin de posséder tes lèvres, et non celui qui me tiraille les tripes de te retrouver tout entière.

C'était pour rester dans le politiquement correct.

Mais puisqu'on y est, tu vois, aujourd'hui je ne risque pas de t'envoyer une photo de ma culotte, même si je le voulais… Parce que j'en ai pas.

## 31 janvier

21h02

Si je te dis que je suis en route pour chez toi, t'as un sourire ou un soupir ?

J'ai un sourire et je descendrai t'ouvrir.

## 1er février

11h10

Quand j'y pense, je me dis qu'on est presque sur le point de retomber amoureux.

Je rêve d'une vie où tu n'as plus à penser, mais seulement à m'embrasser.

# CHAPITRE 4

# M'ENROULER AUTOUR DE TOI

**(1 semaine plus tard)**

## 6 février

15h00

*Merci d'être venue me voir. J'aime ce petit sourire que tu arbores parfois, comme ce midi, tu ne dis rien mais je sais que tu es heureuse. Alors je partage ton sourire silencieusement. Il n'y a pas plus beau cadeau pour une maman que de voir son enfant se libérer de ses peurs pour vivre entièrement. Je t'aime inconditionnellement, mais toutes les conditions sont réunies pour que je me sente fière et honorée d'être ta maman.*

*Je suis si heureuse en ce moment que j'en ai le vertige quand je regarde à l'intérieur de moi. Un bonheur si grand, je me rends bien compte que c'est quelque chose d'extrêmement précieux. Des conseils pour faire perdurer cette ivresse le plus longtemps possible ?*

*Tu sais, le bonheur n'est pas un état constant, mais une succession de moments très courts. Alors il faut arriver à vivre avec l'idée de sa fin sans plus d'inquiétudes, car son renouveau arrive chaque fois beaucoup plus vite qu'on ne le pense.*

## 8 février

18h04

Je ne peux plus y résister. Prépare un petit sac, je t'enlève pour la nuit.

Il y a eu tous ces silences, ces ennuis, ces peines et ces douleurs. On s'est a (b) imés avec d'autres et l'on se disait que l'on ne pouvait plus tomber dans ce piège comme deux ados.

Et pourtant j'y suis tombé. Je me sens désarmé et pourtant je ne peux pas lutter, je préfère revivre cent fois toutes ces déceptions plutôt que de passer à côté de toi.

Être ensemble n'a pas marché une première fois. Se séparer a été encore pire. Devenir amis ? Une mascarade.

Autorisons-nous ce que l'on s'est toujours refusé. Aimons-nous à nous en exploser le cœur.

Je sais que tu as peur. Peur de ne pas faire le bon choix. Peur de te tromper. Peur que je te fasse du mal. Peur que je disparaisse de nouveau. Pourtant, si tu savais...

J'avais un cœur lourd qui ne savait plus réellement aimer depuis des années. Et j'ai eu l'impression d'avoir trouvé ce qui me manquait depuis toujours grâce à toi. Je t'ai tellement attendu, et j'ai enchaîné les histoires pour pouvoir te retrouver. Je me suis brisé le cœur de désillusions et j'ai fait du mal à des gens bien qui m'aimaient vraiment. Mais moi, j'étais malade des sentiments. J'avais perdu cette lumière, et aujourd'hui, tu m'éblouis de nouveau avec la tienne. Ça me fait presque mal aux yeux tellement c'est fort.

Comme si nous étions restés des années entières dans le noir, et tout à coup, on ouvre grand la porte. Le soleil brille. Et c'est toi, mon amour.

Arrive vite.

**9 février**

10h04

Quelques mètres après avoir passé ton portail, j'ai levé les yeux et croisé le regard d'une jeune mère de famille qui tenait par la main son fils déguisé en petit marin. Elle a esquissé le sourire complice de celle qui a tout lu sur mon visage : les cheveux en bataille du réveil tendre, le regard éveillé malgré les yeux fatigués, les pommettes rehaussées de l'indéfectible sourire amoureux.

Merci pour cette nuit, j'ai du mal à trouver les mots justes. J'ai tellement rêvé de retrouver ton corps après toutes ces années que je n'arrive pas à croire que ça se soit enfin produit. C'était plus beau que tout ce que j'aurais pu imaginer.

J'ai un sourire scotché sur les lèvres que je ne peux plus enlever depuis que j'ai ouvert les yeux. Quelle nuit…

Tes mains étaient sûres d'elles contrairement aux miennes, timides mais désireuses de te toucher. On embrassait nos visages, nos peaux, nos corps.

Des souvenirs se perdaient,
et nos doigts suivaient le tracé
humide laissé par nos lèvres.

Merci d'être revenu dans ma vie.

14h34

Après cette nuit incandescente,
à se regarder, s'embrasser, se
toucher, je pense qu'il faut
désormais que nous parlions
un peu plus de la relation dans
laquelle nous sommes et de ce
qu'elle pourrait représenter dans
nos vies.

Notre passé est lourd, compliqué
et douloureux. Mais il ne doit pas
nous empêcher de vivre ce que nous
ressentons, nous avons bien vu que
nous n'arrivions pas à y résister.
Ce que je te propose, c'est que
nous essayions de vivre ce qui
nous lie depuis tant d'années dans
une simplicité que l'on n'est jamais
parvenus à trouver jusque-là.
Dépassons enfin le simple stade
de la séduction et des débuts
amoureux pour construire quelque
chose ensemble. Je ne veux plus
seulement de l'ambiguïté et de la
séduction avec toi, je veux plus.

Peut-être que c'est ainsi que nous arriverons enfin à nous aimer. Qu'en penses-tu ?

Bien sûr, je ne te cacherai pas que j'ai peur. Mais je ne peux pas continuer à vivre avec cette frustration.

J'ai juste envie de t'aimer.
De t'avoir et de t'aimer. Et peut-être que oui, on va dans un mur, et peut-être que oui, on va se faire du mal, mais comment savoir sans essayer ? Je voudrais simplement te dire à quel point je me sens en vie avec toi et à quel point ça me dépasse. Et peut-être que c'est ça, l'amour. Je veux redécouvrir tes joies, tes peines, tes pires défauts et tes plus belles qualités, sentir l'odeur de ta peau, savoir ce qui te fait sourire et ce qui te fait pleurer. Je veux te connaître par cœur et au fond, dans tout ce bordel, c'est ma seule certitude.

Alors, c'est bien vrai ? Tu n'as plus peur ?

Non. Ce qu'il y a entre nous est beaucoup trop rare pour passer son tour. Lorsque je pense à la peur qui m'habite, je me dis qu'on est peut-être littéralement en train de mourir ou qu'on sera juste morts demain, frappés par un anévrisme, une crise cardiaque ou renversés par un bus, et je ne veux pas crever en me disant qu'on n'a pas tout essayé.

Alors, on y arrivera.

Je suis pleinement conscient de la complexité de notre situation et de l'impact qu'elle pourrait avoir dans nos vies. Ça ne m'empêche en rien de te vouloir près de moi.
C'est peut-être ça, l'amour, aimer tout en ayant pleinement conscience de l'effet dévastateur que l'autre pourrait avoir dans nos vies, et s'y abandonner deux fois plus vite.

## 10 février

19h45

Que vas-tu faire de moi maintenant ?

Te rendre heureux.

## 11 février

19h23

Je t'ai dit que tu me manquais ?

Non.

Et que mon appartement était vide sans toi ?

Non plus.

Mince. Ne me dis pas que j'ai aussi oublié de te dire que tu occupais mes pensées toute la journée.

Si !

Je suis tête en l'air alors que je n'ai qu'une envie, c'est que ce soit tes jambes qui soient en l'air.

Je passe te chercher ?

Oui, mon amour.

## 12 février

11h03

Je marche et je me sens légère. Ça faisait longtemps que je n'avais pas eu cette sensation.

J'ai tellement de chance de t'avoir retrouvé.

Oublie la chance, à ce stade, nous sommes des certitudes scientifiques.

19h45

Tu as pensé un peu à moi parmi tous ces gens à ce dîner ?

J'ai pensé un peu à ces gens parmi tout toi.

Je me sens nu sans toi.

Nu contre moi me plairait davantage.

Je te veux tellement. Je passerais bien sous la table. Tu t'avancerais un peu sur ta chaise.

Tu mettrais sans doute ta main dans mes cheveux, pendant que je mangerais ton sexe que j'adore.

Sans aucun doute.

**(2 semaines plus tard)**

## 26 février

23h40

Passe me chercher pour le déjeuner demain, je voudrais t'emmener quelque part.

Je peux venir vers 12h, et on part déjeuner vers 12h30 ?

Oui, ça te laisse 30 min pour me dire bonjour, me demander comment je vais, me dire qu'il fait froid, et que tu cours partout.

Moi, te répondre que la grosse période de boulot arrive.

Puis l'air de rien, te regarder avec un sourire en coin, me mordre la lèvre et partir sur un plaquage, nos corps toujours soumis à cette même attraction. Ta langue au contact de la mienne, ta main au contact du bouton de mon pantalon.

Et le reste, tu le devines.

Tu as toujours les meilleures des idées.

## 27 février

09h30

J'ai envie de te dire « je t'aime », mais je ne sais pas comment tu vas le prendre.

Je ne sais pas, essaie pour voir.

Je t'aime.

De toutes mes relations, tu es la plus compliquée, la plus sophistiquée, la plus énorme émotionnellement parlant.
Dès le premier jour où tu m'as embrassée, j'ai voulu être celle qui changerait ta vie à jamais parce qu'on ne m'avait jamais embrassée comme ça, pas la première fois. Je ne veux plus me retenir non plus.
Je t'aime.

C'est une pulsion incontrôlable, un sourire incontrôlé, un regard parlant, un silence ravageur, un soupir glacé d'un corps brûlant, un pouls ralenti en explosion, un toucher de satin sur une envie de martyre, une perte de l'esprit, une collision des âmes.

## 28 février

00h02

Pour une des premières fois, je ne pense plus au passé. Mon regard est enfin orienté vers ce qui arrive, de près, de loin, et mon cerveau est entièrement occupé à façonner le futur tel que je me l'imagine avec toi. C'est tellement bon de ne plus vivre dans la mélancolie de nos débuts, mais dans la projection.

Mon amour, j'ai envie de choses si simples avec toi que je me surprends moi-même. C'est beau quand la vie devient légère.

## 29 février

18h03

J'ai fait un cauchemar cette nuit. J'ai rêvé que tu m'annonçais que tu partais de nouveau à l'autre bout du monde.

Et pourtant je suis bien là. Je ne partirai plus.

20h04

Prépare tes affaires pour le week-end, j'ai réservé une jolie chambre dans une forêt très reposante, pour que l'on puisse avoir du temps ensemble.

S'il me tarde de te voir et que tu me serres fort dans tes bras, c'est parce que tu es un peu ce moment, quand tu nages le crawl, où tu tournes la tête sur le côté pour respirer rapidement, juste l'espace d'un instant.

**1er mars**

**2 mars**

**3 mars**

**4 mars**

10h01

Retour difficile dans le métro après ce moment idyllique. Je souffre d'une forme de détestation viscérale et violente de l'humanité dans son expression contemporaine, équilibrée par l'amour immense que je te porte.

Je voulais te dire merci, mon amour. Merci de m'avoir redonné confiance en moi en tant qu'homme, en tant qu'amant, en tant qu'être aimant et aimé.

Merci d'être toi, avec tes doutes, tes certitudes, tes sourires, tes joies, tes peines, ta détestation viscérale et violente de l'humanité, ta sensibilité, tes soupirs, ta tendresse, ta douceur.

Merci d'être un peu de moi.

**5 mars**

00h03

Parfois je me dis qu'on devrait arrêter le sexe.

On risquerait de faire un enfant, et c'est mauvais pour la planète.

Pour sauver la planète, je pense que c'est déjà bien de faire du vélo et ne plus prendre l'avion. Moi, je veux un enfant, je crois. Peut-être même plus.

Plus d'avion alors.

Plus d'avion contre un enfant ?

Deal.

Si j'arrête la viande, deux enfants ?

Ne sois pas trop gourmand.

**6 mars**

18h56

J'ai envie de m'enrouler autour de toi.

Et moi, j'ai envie de t'en rouler deux ou trois.

## 7 mars

15h06

Tu viens à la fête ce soir ?

Oui, j'y serai ! On s'y retrouve ?

Bien sûr. D'ailleurs, je me demandais. Comment devons-nous nous comporter en public ? Ton entourage est-il au courant ? Le mien ne l'est pas vraiment encore.

Certaines personnes, oui. Pas toutes. Pas de panique, nous aviserons ce soir, d'accord ?

D'accord.

00h40

Je ne peux pas être à côté de toi et faire comme si on était de simples amis. Quand je passe derrière toi et que je sens ton odeur, ça me rend folle. J'ai plus envie de te faire la bise en public !

Alors reviens et embrasse-moi.

J'arrive.

## 8 mars

11h37

En sortant ce matin de ma torpeur habituelle, je me suis rendu compte qu'il me manquait ton odeur. Je ne voulais qu'une chose, t'avoir dans mes bras, sentir la chaleur et la douceur de ton corps sur ma peau. J'ai hâte de te retrouver tout à l'heure. C'est fou que l'on soit arrivés à reconstruire quelque chose de si beau sur les cendres du chaos de notre amour. Je ne dis pas que c'était simple. Mais on l'a fait.

On s'est cherchés, on s'est trouvés, on s'est plu, on s'est apprivoisés, on s'est perdus avant de se retrouver, et maintenant que l'on est uniques l'un pour l'autre, on va se donner chaque jour des raisons d'être ensemble, de s'aimer et de ne plus jamais se quitter.

## 9 mars

17h40

C'est ce soir que tu pars voir ta famille ?

Oui, mon amour, pour trois jours.

23h01

Je suis enfin dans mon lit, parle-moi.

Que veux-tu entendre ?

Mon téléphone qui sonne avec les notifications de tes messages.

Je repense à l'autre fois ; sur mes épaules blanches, tes doigts couraient, le long de mon cou, tes lèvres s'envolaient, dans mes moindres recoins ta langue dansait, et depuis, c'est comme si le temps s'était arrêté, car j'ai toujours l'impression d'être au creux de tes bras. Reviens-moi.

## 10 mars

16h08

Je te manque ?

Beaucoup.

Pas encore à la folie.

Ça viendra.

Puis terriblement, ensuite passionnément, enfin pas du tout.

Le cycle de la vie. On va faire un rétroplanning.

Tu excel.

Word.

Enfin, tu vois le tableau, quoi.

Je vais te caser.

T'arroser d'eau de colonnes.

Je lis entre tes lignes.

Tu as les bonnes formules.

Pourtant y a zéro calcul.

Tu as la colonne figée ?

👏

J'ai les côtes croisées dynamiques.

Tant qu'il te reste assez de cellules.

Tu t'alignes ?

J'ai envie de te copier/coller.

Serait-ce un collage spécial ?
Arrête de protéger ton petit quadrillage.

Pas de mise en forme entre nous.

Je sais que ça sert arial.

Tu fais bien de le souligner.
J'enregistre.

🖤 J'ai envie de tout
te sélectionner.

Et tenter de fusionner.

Tu feras moins la maligne
quand tu seras A4 pattes.

## 11 mars

18h56

Tu me manques assez terriblement, ça y est.

Et tu me manques terriblement sans que ce soit assez.

J'ai eu peur d'écrire ça sans le « assez ».

Et pourquoi ?

C'est uniquement lié à ma phobie des octosyllabes.

Rien à voir avec l'aspect frontal de te dire que je t'aime.

À demain, mon amour.

## 12 mars

10h01

Je viens de rentrer, et tu sais pertinemment qu'entre toi et moi, plus il y a d'espace, moins je respire. Alors, on se dit 19 h chez moi ?

15h50

•••

19h01

Dois-je m'inquiéter de ce silence ?

19h55

Pardon, je serai chez toi dans 1 h 30. Je n'étais pas sur mon téléphone aujourd'hui. À tout à l'heure !

## 13 mars

18h40

Le 13/03/2019, ce correspondant a pensé à vous plusieurs fois sans laisser de message.

22h20

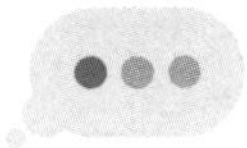

23h47

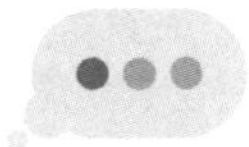

# CHAPITRE 5

# LE POIDS DE NOS PEURS

**(2 mois plus tard)**

**13 mai**

14h56

*Maman, tu penses que je pourrai venir passer quelques jours à la maison ?*

*Bien sûr, ma chérie. Tu sais que tu reviens quand tu veux, tu n'as même pas besoin de me le demander.*

*Ça ne va pas ?*

*Pas trop. Je n'arrive pas à me comprendre parfois, tu sais. J'ai l'impression d'essayer de fuir et de tout détruire dès que les choses se passent bien dans ma vie.*

*C'est toujours vis-à-vis de ce garçon ?*

*Je l'aime, je le sais, mais dès que ça devient sérieux, j'ai besoin de fuir, de lui donner des raisons de me détester, comme pour me couper l'herbe sous le pied. Je crois que je préfère tout faire foirer plutôt que lui donner des raisons, à terme, de m'abandonner ou d'être déçu par notre amour, déçu par moi-même.*

*Ma chérie, je t'ai toujours dit de ne jamais changer tes plans pour un homme, de ne jamais te laisser influencer, mais j'aurais sûrement dû te dire aussi qu'il y a certaines personnes à qui on peut donner sans compter, et qu'il n'y a rien de meilleur dans la vie que le laisser-aller, surtout pour les personnes entières comme tu l'es avec ce garçon.*

*Tu es très jeune et tu as donc le temps de vivre et d'apprendre. Te poser ces questions signifie que tu es déjà sur la bonne voie.*

*Repose-toi, et au réveil, reprends le combat pour être heureuse. Et surtout, viens passer quelques jours à la maison.*

*Tu mérites d'être heureuse et aimée, ne prive pas de cette chance celui qui pourrait le faire sans compter.*

## 13 mai

09h12

Deux jours sans nouvelles, j'espère que tu vas bien… Si je ne me trompe pas, tu rentres aujourd'hui. Je viens te chercher à la gare ?

11h16

•••

19h45

•••

## 14 mai

08h56

Je suis vraiment désolée, j'ai laissé un peu mon téléphone de côté ces derniers jours. Je crois que j'avais besoin d'un peu d'air.

Je ne te comprends pas. Un peu d'air vis-à-vis de moi ?

Pas en particulier de toi, j'avais juste besoin de me retrouver un peu seule, de passer du temps avec moi-même, de me sentir libre.

Tu me fais peur quand tu recommences à faire l'amalgame entre liberté et solitude.

Il ne faut pas. Tu sais que je suis comme ça.

## 15 mai

## 16 mai

19h56

Je ne supporte pas quand nous ne nous écrivons pas.

Voyons-nous ce soir. Ne t'offusque pas pour un seul jour passé sans message.

**17 mai**

11h02

Elle était étrange, cette nuit que l'on vient de passer ensemble. J'ai l'impression que nous étions loin l'un de l'autre, que nos corps ne se répondaient plus. Parfois, j'ai peur de ce qu'on est en train de devenir.

**18 mai**

16h56

Tu te donnes cette image de fille libre, qui ne s'attache pas, qui ne s'engage jamais. Un peu désinvolte, qui se fiche de tout. Je te connais. Je sais que tu refuses, en éternelle rebelle, d'être docile, et soumise à tes sentiments. Alors tu relèves la tête, regard défiant, clope au bec, dans ton jeans trop grand, et tu joues les femmes libérées sur lesquelles on n'a pas d'emprise. Parmi tes jeux d'enfants, c'est celui que tu maîtrises le mieux, mais tu t'es perdue en chemin. Et c'est à cause de moi. Mais tu sais quoi ? Moi aussi, je me suis perdu en chemin. Je ne sais plus si nous prenons la bonne voie quand tu m'envoies ce genre de messages après tant de distance.

00h03

Ton silence a vraiment de quoi rendre fou. Je n'aurai pas longtemps la patience que tu exiges.

## 19 mai

12h03

J'ai la trouille. J'ai terriblement peur de t'aimer. J'ai l'impression que mes vieux démons refont surface, qu'ils me testent, et je me sens beaucoup moins forte face à eux qu'il y a quelques mois. Ce n'est pas facile, parce que parfois j'ai l'impression que tu es la personne de ma vie. Mais dès que ça devient sérieux, je commence à paniquer, j'ai peur de recommencer à tout gâcher, j'ai peur de m'ennuyer, j'ai peur de l'habitude, j'ai peur que tu me démasques et que tu te lasses de moi.

On s'est donné notre chance, deux fois déjà. Je ne supporterais pas de te décevoir une fois de plus, et je ne comprends pas pourquoi je ressens ça de nouveau.

Je chute, moi aussi. On sait que le sol est prêt à nous réduire en bouillie, mais on sait aussi que l'on peut, à nous deux, déjouer les lois de la gravité, et pour ce faire, il faut nous décharger du poids de nos peurs, de notre armure, de nos échecs. Si tu es nue, sache que j'ai depuis longtemps choisi de retirer mes fringues pour partager ta marche.

**(2 semaines plus tard)**

## 26 mai

20h12

J'avais envie de partir loin de la ville avec toi ce week-end, je pense qu'on en aurait bien besoin. Ça te tente ?

Je suis navrée, ce week-end je ne suis pas disponible. Essayons la semaine prochaine.

Pas sûr que j'en aie toujours envie.

Pourquoi tu réagis comme ça ?

## 27 mai

01h56

Parlons-nous. J'en ai besoin, vraiment, il faut que nous crevions cet abcès qui nous fait souffrir.

Notre amour ne te rend plus heureux ?

Pour être tout à fait honnête, je n'arrive plus à savoir. Durant ces derniers mois, c'était fabuleux, je nous sentais proches comme jamais nous ne l'avons été, et j'avais l'impression que nous arrivions enfin à nous projeter, à voir plus loin, que tu te sentais confiante et heureuse, et que j'étais à ton image. Comme si nous avions réussi à trouver un équilibre dans l'amour, le respect et la bienveillance, malgré toutes les douleurs liées à notre histoire passée.

Mais depuis peu, j'ai mal au cœur. J'ai l'impression que dès que les choses se passent bien, tu redeviens évanescente, difficile à saisir, avec un besoin de plus en plus évident de solitude. Nous vivons les choses intensément, mais nous ne construisons rien. Tu donnes beaucoup sur l'instant, mais dès que ça devient sérieux, il t'est impossible de te projeter, de bâtir, comme pour te laisser la possibilité de partir à tout moment. Et je ne sais pas comment réagir à ça.

Parfois j'ai même peur que tu me sois infidèle. Je crois que j'ai besoin d'avoir des certitudes, et non d'un fantôme qui s'éloigne dès qu'il sent qu'on s'en approche un peu trop.

Es-tu en train de douter de mon amour, là ?

Tu ne comprends pas... Ça n'a rien à voir. C'est juste que je ne sais plus comment le vivre, cet amour. Mes paupières se ferment.

Non, attends.

Ne m'écris plus. Je m'endors.

Je pose mon téléphone.

## 28 mai

06h01

Très difficile pour moi de trouver le sommeil cette nuit, je n'ai fait que cogiter sur tes mots d'hier. Ils me renvoient à moi-même d'une manière extrêmement douloureuse. J'aimerais te rassurer, mais je préfère être honnête, il y a quelque chose qui m'en empêche, et que je ne saurais nommer.

09h12

Pourquoi tu fais ça ?
Pourquoi es-tu si difficile à aimer ?
Parfois je me dis que j'aurais tellement voulu que tu choisisses quelqu'un d'autre.

Tu veux partir ?

La situation dans laquelle nous sommes m'affecte bien plus que tu ne le penses. Tu réponds à mes doutes par des questions, et ensemble, nous ne trouvons jamais de réponses.

J'ai cette fâcheuse impression qu'on joue sans cesse à fuis-moi je te suis, et inversement. Et tu sais combien je déteste ça. Je ne veux plus jouer.

Tu sais, je n'ai plus envie de jouer non plus. Ce n'est pas un jeu et ça ne l'a jamais été. Ce qui me chagrine beaucoup, c'est cette très désagréable impression d'être enfermée dans l'image que tu t'es faite de moi, et que je n'arriverai jamais, quoi que je fasse, à déconstruire pour exister à tes yeux d'une manière différente. Je ne vois plus dans ton regard ce que j'y voyais à nos débuts. Aujourd'hui, la seule chose que j'y vois, c'est une séductrice invétérée, un fantôme qui disparaît sans crier gare dès que j'émets le besoin d'un peu de solitude. Je n'existe plus que de cette manière à tes yeux.

Je sais que je t'ai blessé par le passé, je sais que tu as du mal avec ma nature insaisissable, mais peut-être qu'il faudrait juste accepter que je sois ainsi, et que ça ne veut pas dire pour autant que je vais t'abandonner ou te trahir, ni que je suis infidèle ou lâche. Tu sais, aimer quelqu'un, c'est aussi accepter pleinement qui il est.

Est-ce que tu es prêt à faire ça ? Ou est-ce que tu m'en veux toujours d'être partie à l'autre bout du monde, trois ans après ? J'ai le sentiment que tu ne m'accepteras pas tant que cette rancœur ne sera pas passée.

L'amour que je te porte a surmonté cette rancœur. Ça restera une blessure, bien sûr, mais elle a cicatrisé.

Mais maintenant que nous en parlons, je crois qu'il y a une question que je ne t'ai jamais posée et qui est peut-être, au fond, importante pour moi : pourquoi es-tu partie alors que nous venions de tomber amoureux ? Pourquoi n'es-tu pas revenue quand je t'en suppliais presque ? Tu ne m'as jamais donné d'explications à tout ça.

Parce que j'avais besoin de régler quelque chose d'important dans ma vie, parce que ma mère m'a toujours appris à ne jamais renoncer à cause d'un garçon. Dans un sens, bien sûr que je regrette cette décision, car elle nous a séparés et nous a causé tant de douleurs alors que nous avions tout pour vivre un magnifique amour. Mais dans un autre sens, ce voyage était nécessaire. Il m'a permis de prendre conscience de plein de choses constitutives de mon existence et mon identité.

C'était un moment de ma vie où je me sentais totalement perdue, j'ignorais qui j'étais, vers où je devais aller, et ce voyage a été comme un rite initiatique pour moi. Aussi contradictoire que cela puisse paraître, il m'a aidée à trouver des réponses à tous ces questionnements et m'a aussi permis d'appréhender la puissance de l'amour que je ressentais pour toi, sans aucun filtre, et pour la première fois, sans aucune peur.

J'étais une jeune fille à l'époque, maintenant c'est une femme que tu as en face de toi.

Je t'aime, tu sais. Si fort que ça me fait mal.

Tu penses que ça en vaut la peine ?

J'espère.

Moi aussi.

## 29 mai

15h34

C'est compliqué... Je sais pas trop comment te dire. Tous les moments que l'on passe ensemble et ceux qui nous séparent. Il y a ton sourire et tous tes départs. Tu es tellement belle. Je suis vraiment désolé de te renvoyer une image de toi aussi négative. C'est à moi que j'en veux d'être retombé amoureux d'une fille si compliquée. Tu crois que ce serait aussi beau si ce n'était pas aussi triste ? Parce que t'aimer, c'est beau. Et je souris rien qu'en y pensant. Et puis je pense à toi. Pas seulement maintenant. Beaucoup, souvent. Et puis ça fait mal. Mais qu'est-ce que ça fait du bien quand tu es près de moi. C'est peut-être parce que j'adore t'entendre rire. Et t'écouter parler. De tout. Et t'embrasser, surtout.

On n'est pas simples, toi et moi. Ce que l'on a été, ce que l'on est, et ce que l'on ne sera peut-être jamais. Je crois qu'une petite partie de mon âme t'aimera toujours. Il y a tant de mots que j'aimerais taire, tant de silences que j'aimerais te dire. Il y a tant de monde dans tes regards et si peu de regards dans nos deux mondes.

## 30 mai

22h45

Pourquoi c'est si compliqué entre nous ?

Parce que c'est fort.

**(1 semaine plus tard)**

## 6 juin

00h38

Je n'ai jamais eu aussi froid de ma vie que ce soir. Je suis dehors avec une clope. Il ne fait pas si froid que ça, mais je suis mortifié de l'intérieur. Parce que j'ai rarement eu autant la sensation que notre histoire, aussi belle soit-elle, pouvait être aussi fragile.

Les moments que l'on passe ensemble ces derniers temps sont étranges. J'ai l'impression, à la fois, que tu es un petit oiseau fragile qui a besoin d'être rassuré, et qu'il devient parfois nécessaire d'ouvrir la porte de ta cage pour que tu puisses faire tes premiers pas, seule, dans l'univers.

Avant toi, je ne pensais pas que tant d'obstacles pouvaient être dérisoires si on aimait vraiment l'autre – la distance, l'éloignement, la jalousie, la rupture, les retrouvailles. Maintenant je le sais, et j'ai envie de me battre, mais je découvre aussi pour la seconde fois de ma vie ce que c'est que d'être proche de perdre la personne qu'on aime le plus au monde.

S'il te plaît, réfléchis à tout ce que l'on s'est dit, et prends le temps de te poser cette question : est-ce que nous en valons la peine ?

## 7 juin

17h45

Je reste à regarder mon écran sans écrire. Je sais que tu es de l'autre côté.

## 8 juin

12h05

Excuse-moi de te répondre si tard. J'ai du mal à poser des mots sur ce que je ressens en ce moment et je ne veux pas t'écrire de futilités. J'aimerais faire ce grand saut et me lancer sans aucune bouée dans notre amour, mais je suis terrifiée à l'idée de me retrouver dans une vie qui ne me conviendrait pas, terrifiée à l'idée de te décevoir une nouvelle fois et que tu te désintéresses de moi. Je veux être sûre de moi.

J'ai aussi besoin de ton côté que tu acceptes ma nature profonde, que tu réfléchisses à cela, que tu ne veuilles pas me changer, et que tu te délestes de tous les a priori hérités de notre histoire passée. Oui, il y aura des jours où je n'aurai pas envie d'écrire de messages. Il y aura aussi des semaines où j'aurai envie de rester seule. Mais non, ça ne voudra pas dire qu'il faudra remettre en question toute notre histoire pour autant. Ça ne voudra rien dire d'autre que le fait que j'ai besoin de solitude parfois et que ça n'a rien à voir avec l'amour que j'ai pour toi.

Il faudra que l'on puisse, si nous nous embarquons dans l'histoire d'amour de notre vie, le faire sans aucune réticence, autant d'un côté que de l'autre.

Tout ce que je veux, c'est que tu restes merveilleuse, sans t'infliger d'entrave, et sans accepter d'être ce qui n'est pas toi, car c'est ainsi que je t'aime. Libre, et sensible par-delà ta silhouette saisissante.

Cet amour n'est pas construit sur un imaginaire, une obsession de vouloir tout voir coïncider. Il n'est pas question non plus que je m'approprie quoi que ce soit de toi parce que tu es humaine, remarquable, et parce que ma considération respectueuse n'accepte pas que tu sois un objet. Il n'y a aucune dépendance par rapport à l'image que je pourrais me faire de toi. Quoi que tu décides, ou penses entreprendre, mon amour admet que tu n'ailles pas complètement dans le sillage que je souhaite. Je ne veux pas dénaturer ce que tu représentes, et personne, hormis toi, ne doit décider à ce sujet.

## 9 juin

19h06

Est-ce que l'on peut se voir ? Ne pas parler, juste s'embrasser, se prendre dans les bras. J'ai besoin d'un moment détaché de tout le reste, d'une trêve.

21h12

Je ne pense pas que ce soit une bonne idée, non. Une impression de flottements, de confusion et d'incertitude ne me quitte plus.

J'aimerais pouvoir faire taire les doutes qui affolent mon esprit, pouvoir te regarder dans les yeux et croire que les plus belles pages de notre histoire sont à venir. Je trouve ça tellement injuste que l'on se soit aimés si fort, que l'on ait surmonté tant de difficultés, que nos corps se soient tant répondu, et qu'il ne reste aujourd'hui qu'une immense incertitude couplée à de la peur.
Je crois que tu m'as trop habitué au bonheur pour que je puisse me contenter des restes d'un rêve. Je n'ai plus envie de te courir après, ni que tu me coures après, on l'a déjà suffisamment fait, j'ai besoin d'autre chose, j'ai besoin de plus, et si tu n'y es toujours pas prête, je pense malheureusement qu'il sera difficile d'envisager quelque chose pour nous.

Tu tiens à ta liberté et ta solitude, car elles te protègent. Ce n'est pas que tu ne comprends pas l'engagement, c'est que tu n'aimes pas qu'il puisse te rendre docile à tes émotions. Tout ce qui pourrait te faire perdre le contrôle te fait peur. Alors m'aimer, et t'engager avec moi, c'est rompre le contrat que tu as passé avec toi-même. N'aie plus peur. Laisse-moi accueillir tes craintes, tes doutes. Laisse-moi être le risque que tu n'oses pas prendre, quitte à déstabiliser ton univers. Je crois que c'est déjà fait.

Prends le temps qu'il te faudra pour réfléchir à tout ça. Je vais en faire autant. Je pense que c'est la meilleure chose à faire pour éloigner un peu tout ce brouillard.

À force de traverser des situations chaotiques, j'ai pris l'habitude d'intellectualiser automatiquement ce qui devrait être ressenti. Depuis, j'ai changé la donne, en lâchant prise et en m'acceptant davantage.

Quand tu m'as saluée avec ce sourire incroyable lorsque je t'ai retrouvé après mon retour, toutes les émotions que tu as suscitées en moi depuis quatre ans m'ont percutée comme un camion de trente-cinq tonnes lancé à vive allure. Ce fut rude et magnifique en même temps.

Regarde tout autour de toi : as-tu remarqué la majorité écrasante qui demeure dissemblable à la vision sensible que tu déploies sur ce monde ?

Comme moi, tu arrives à t'émerveiller devant ce que les autres perçoivent comme des détails insignifiants. Nous n'avons pas besoin de sous-titres pour apprécier le caractère intime des belles cohérences et saisir la grandeur qui ne se résume pas. Pour toutes ces raisons, j'ai envie de te laisser entrer entièrement dans ma vie et de nous donner notre chance. Je ressens vraiment l'envie de régler mes problèmes pour être tout à fait disposée à vivre entièrement notre amour.

Mais il y a effectivement quelque chose qui me fait fuir dès que ça se concrétise, c'est une peur qui me glace le ventre, et je n'arriverai pas à t'expliquer d'où elle vient ni comment la contrôler. J'entends tout ce que tu m'écris, et tu as raison. Je crois que j'ai besoin d'un peu de temps pour réfléchir à tout cela, et que tu en as besoin également, pour te défaire de tes angoisses.

**(1 semaine plus tard)**

## 16 juin

18h00

Tu me dégoûtes.

Mes doigts tremblent, je ne sais même pas comment je fais pour écrire ce message. Je viens de te croiser, avec cet homme, dans ce café que je voudrais désormais rayer de la carte. Moi qui pensais que tu mettais ce temps à disposition pour régler cette situation et que l'on puisse se retrouver… Il semblerait en réalité que certaines choses ne changent pas.

Tu sais, pendant des années j'ai nourri le fantasme de te voir revenir dans ma nouvelle vie. Au point d'en devenir totalement fou. Ma vie ne se conjuguait plus qu'au conditionnel. Le matin serait plus beau si elle était là. Les nuits seraient plus calmes si elle était là. Mon cœur pourrait se remettre à battre si elle était là. Personne ne m'a jamais fait souffrir autant que toi, je te le dis très honnêtement et en mettant complètement de côté toute once de fierté.

Ça a été très compliqué,
pour ne pas dire impossible,
après cela, de guérir de toi.

Et sans crier gare, tu es revenue. Avec ta fraîcheur, ta beauté, ta légèreté. Tu ris, tu danses, tu m'écris des mots qui ravagent mon esprit, ma conscience, ma raison. On fait l'amour à n'en plus finir, on se réembarque dans une histoire d'amour compliquée, on a peur, mais on fonce tête baissée. Rapidement nous faisons totalement abstraction du chaos dans lequel nous avons été ; et j'oublie tout de la douleur que tu as pu m'infliger. Tout est de nouveau léger et lumineux. Et je me reprends aujourd'hui une immense claque. Si tu savais comme je t'en veux pour ça.

J'ai une colère assourdissante en moi. Parce que, quelle que soit la raison de ta présence avec cet homme, tu me terrifies, et de toute évidence, je n'ai aucune confiance en toi. Cet incident vient juste nous prouver que ni toi ni moi ne sommes prêts à construire quelque chose. Tu es la seule personne sur cette terre à avoir eu le pouvoir de me briser. Comment pourrais-je jamais te refaire confiance ?

J'aurais aimé croire qu'il était possible de reconstruire sur des ruines. Vraiment, j'aurais aimé. Notre histoire est inachevée, mais il est peut-être temps d'y mettre vraiment un terme. Elle ne pouvait être plus chaotique que ça.

Dans ce chaos, nous avons été à la fois la lumière et les ténèbres pour l'un et l'autre. Je ne savais pas qu'on pouvait aimer tout en se faisant tant de mal. Le destin n'a pas toujours été de notre côté, mais nous sommes aujourd'hui les seuls responsables des choix qui nous ont menés ici.

On a essayé de lutter, de trouver des solutions, mais peut-être qu'il est juste temps de lâcher prise. Je t'ai aimée depuis le premier jour, et au fond de moi, ce sera toujours le cas. Mais je ne pourrai plus te faire confiance, et je ne veux pas d'une vie soumise à la peur permanente que tu m'abandonnes.

On a sûrement laissé passer notre chance.

20h45

Je t'en supplie, décroche.

02h25

J'ai le cœur brisé.

03h01

Comment peux-tu être si dur ?

Comment peux-tu tout arrêter d'un revers de la main sans même me demander ce qu'il en était avec cet homme ? Sans même me demander plus d'explications. Tu n'as strictement rien à craindre de lui.

03h10

Je t'en supplie, décroche.

Ça ne servirait à rien. Regarde dans quel état tu arrives à me mettre. Quoi que tu dises, quelles que soient tes explications, c'est bien la preuve que ce n'est pas sain entre nous. Je ne peux pas accepter un amour avec tant d'insécurités.

Bordel, mais pourquoi t'es insensible et dur comme ça ?

Parce que mon cœur s'en est allé avec toi.

Décroche, je t'en prie. Il faut que nous parlions. Ne me laisse pas comme ça.

## 17 juin

12h09

Ton silence est une vraie torture. Je comprends mieux maintenant ce que je te fais endurer lorsque je ne te donne pas de nouvelles. Mais je t'en supplie, ne me punis pas. Accepterais-tu un café pour que nous puissions discuter ? Nous ne pouvons pas rester sur ça.

15h16

●●●

Je te vois écrire.

Je n'ai rien d'autre à te dire, je suis désolé.

## 18 juin

06h00

En réalité, c'est pas si compliqué : on s'est plu, on s'est frôlés, on a vécu un amour écourté, on s'est loupés, on l'a jamais totalement oublié. Si tu as l'impression que je n'ai été que douleur dans ta vie, moi je crois que tu n'as jamais cru à la place que tu as eue dans la mienne, ni à tout ce que j'ai pu te dire de ce que j'ai ressenti.

Je ne suis pas rentrée pour foutre le bordel dans ta vie. Tu sais, je me suis sentie moi aussi complètement dépassée par cette histoire sur laquelle je pensais avoir tiré un trait. Dépassée par le fait d'avoir mal au cœur que tu partages ta vie avec une autre.

On s'est beaucoup désirés, on s'est beaucoup aimés mais on s'est peu compris. Alors on est là comme des cons, avec nos frustrations, à vivre dans la colère, l'amertume et la fuite.

Je ne comprends pas comment tu peux être si dur avec moi, si radical, sans même me demander plus d'explications. Tu n'avais strictement rien à craindre de cet homme.

Je ne sais pas, je ne sais plus ce qu'est l'amour, je ne fais que suivre un instinct, un ressenti. Je comprends ton blocage, tes hésitations, ta colère. Et contre tout ça, tu as raison, je ne peux rien, mes précédents échecs m'auront au moins apporté cette certitude.

Nous ne sommes pas faits pour construire sur des âmes mal pansées. Pardonne-moi pour tout le mal que je t'ai fait.

Je n'ai pas de haine et je te souhaite de trouver ton bonheur. Rappelle-toi ce qu'on se disait, à l'époque où nous étions jeunes et insouciants : « l'amour est plus beau quand il est impossible ». Je t'aime même si ça me déchire le cœur aujourd'hui, plus que de raison.

# CHAPITRE 6

# L'INFINI A BIEN UNE FIN

**(2 mois plus tard)**

## 20 août

22h30

*Que je n'aime pas ce regard triste que tu avais au dîner. Un cœur finit toujours par se reconstruire, ma chérie, il faut juste lui laisser du temps. Embrasse ta tristesse, car tu ne peux la nier. Mais ne baisse pas les bras. C'est dans ces moments qu'on se sent le plus vivant. Profites-en pour écrire, lire, composer. Mets cette tristesse à ton service. Profites-en aussi pour passer du temps avec toi-même, pour apprendre à mieux te connaître. Ta route est encore longue, et même si tu la penses dénuée de tout espoir, tu verras bien assez vite que cette impression ne dure pas. Tu te relèveras quoi qu'il en soit, et tu vivras de plus belle, avec le bénéfice de l'expérience et d'une connaissance de toi-même plus approfondie.*

*Maman, ça t'est déjà arrivé de ne plus du tout croire en l'amour ?*

*Par moments, oui. Mais ça revient toujours. Chaque fois qu'une de mes histoires d'amour s'est finie, j'ai eu ce sentiment de désillusion, peu importe l'âge que j'avais. La fois où ça a été le plus violent, ça a sûrement été avec ton père. Probablement parce que c'était mon premier amour. Pourtant chaque fois que je suis retombée amoureuse par la suite, j'y croyais de nouveau.*

*C'est une magie sans fin et la seule foi que j'ai en cette existence. Parfois elle est malmenée et s'essouffle, comme toutes les croyances, mais elle revient toujours de plus belle, sans que l'on sache de quelle manière elle arrive à nous séduire de nouveau. C'est sûrement ce mystère qui en fait toute sa beauté.*

*Il y a plein de moments où tu n'y croiras plus du tout. Il faudra les accepter. Ce seront des moments fondateurs. Et lorsque l'amour reviendra taper à ta porte, tu verras que sa magie opérera de nouveau, et que tu te laisseras réembarquer. Ne lutte pas. Il y a déjà tant d'autres choses dans cette vie contre lesquelles lutter.*

*J'ai l'impression que je n'aimerai plus jamais. Ce qui est très probablement faux. J'ai l'impression que personne ne m'aimera jamais non plus. Et à ce propos, j'ai de plus grands doutes.*

*Je connais bien ce sentiment, mais il t'induit en erreur. « On est souvent trompé en amour, souvent blessé et souvent malheureux ; mais on aime, et quand on est sur le bord de sa tombe, on se retourne pour regarder en arrière et on se dit : j'ai souffert souvent, je me suis trompé quelquefois, mais j'ai aimé. C'est moi qui ai vécu, et pas un être factice créé par mon orgueil et mon ennui. »*

*Ta vie commence juste, tu aimeras encore et tu seras aimée, crois-moi.*

## 20 août

23h12

Est-ce que tu crois toujours à l'amour ?

Dans les livres, oui.

Et dans la vie ?

Je ne sais plus. Et toi ?

Je ne crois pas.

## 21 août

15h16

C'est fou que tu sois venue me poser cette question hier. Car depuis quelques semaines, je ressens l'envie pressante de t'écrire, te parler, de réfléchir avec toi. De laisser de côté nos émotions pour que nos cerveaux s'entretiennent ensemble, parce que j'ai besoin du génie de ton analyse et de ta vision.

Tu sais, c'est fou comme ma façon de percevoir les relations, l'amour et le désir, a évolué depuis la fin de notre histoire. C'est comme si je traversais une phase existentielle où tout avait été remis en question dans les conceptions que j'avais jusque-là. Ton cerveau me manque pour élucider tout ça. Et tu es sûrement la seule à détenir les clés dont j'ai besoin actuellement.

Je crois pouvoir faire ça, mettre de côté mes émotions pour laisser mon cerveau te parler. Les mois qui viennent de s'écouler et le temps qui fait son œuvre m'auront au moins permis ça.

Tu es la personne que j'ai le plus aimée sur cette terre. Je crois que tu m'as aimé aussi, entièrement, et pourtant, notre histoire entière n'est allée que de douleur en douleur. Je n'arrive pas à trouver une explication logique à ce schéma. L'amour n'est-il pas censé triompher ? J'en viens à me demander s'il existe réellement, l'amour, ou s'il n'est qu'une création humaine pour rendre l'existence un peu plus supportable.

Au tout début, on se disait qu'on ne voyait pas pour quelle raison il serait possible qu'on se sépare un jour. Au tout début, je n'avais aucune raison d'imaginer qu'un jour on ne serait plus ensemble tellement ça paraissait évident que l'on était destinés à vivre l'un près de l'autre, l'un pour l'autre. Comment a-t-on pu en arriver là, et déjà deux fois ?

J'allais dire que le temps impacte les situations, les choses, et les gens, mais ce n'est pas vrai. Nous avons changé, nous sommes les seuls responsables, et c'est ce qui nous a fait avancer dans des directions différentes. Je n'aurais pu imaginer en revanche que ces changements soient plus forts que l'amour qui nous liait.

Tu sais, je ne crois plus en l'amour, et c'est bien la première fois que ça m'arrive. Tu es la mieux placée pour savoir à quel point j'ai pourtant toujours été un idéaliste. Je suis fatigué en réalité. Fatigué d'avoir essayé de recommencer à zéro, fatigué de créer des souvenirs, de m'attacher, me livrer, m'investir, me protéger. À quoi bon quand la fin est toujours la même ? Pourquoi s'infliger tout ça ? Pourquoi recommencer éternellement alors qu'on sait pertinemment où ça nous mènera ?

Tu comprends maintenant pourquoi j'ai toujours voué une passion aux débuts d'histoires d'amour écourtés ?

Malheureusement, oui.

Il y a tant de questions qui m'obsèdent. Comment naît cette sensation de devenir totalement inconnu pour l'autre ? Comment penser qu'un jour on pourra de nouveau se sentir proche de quelqu'un en ayant désormais conscience que tout peut s'arrêter comme c'est venu ? Comment vivre tout en sachant que la blessure se refermera, mais qu'inévitablement une nouvelle blessure apparaîtra un jour ?

Que veux-tu que je réponde à tout ça ?

Ce que tu penses vraiment.

10h11

L'amour fait toujours souffrir à un moment ou un autre, c'est irrépressible. Alors je me pose la même question : pourquoi se l'imposer ? Il y a déjà tellement de poids que l'on traîne derrière nous au cours de notre existence qu'en rajouter serait comme se rapprocher un peu plus de la falaise de laquelle on est destinés à tomber.

Si tu venais chercher du réconfort ou de quoi te rassurer, je suis désolée, mais il semblerait que tu aies frappé à la mauvaise porte. J'ai tellement souffert de ton silence ces derniers mois que détester l'amour est devenu mon mode de survie.

Nous sommes 8 milliards sur terre, mais nous sommes aussi seuls que nous paraissons nombreux. On se met à la recherche de notre âme sœur égarée. On se convainc, on s'aime puis on s'autodétruit. On ne veut pas aimer véritablement. On veut être aimés, là est toute la différence. Je ne sais plus véritablement si l'amour, enfin, le couple, intéresse vraiment les gens.

À vingt ans, on a tous déjà vécu nos premières expériences, puis la suite, on la connaît, on transporte sans cesse avec nous, peu importe où l'on va, la peur de l'attachement, la peur de la souffrance. Alors on tente tout et n'importe quoi. On aime celui qui nous fuit, on fuit celui qui nous aime…

Sommes-nous vraiment capables d'aimer ? Je ne sais plus.

On se retrouve à s'enfoncer dans une spirale de mal-être sans fin et répétitive. Je n'utiliserai pas le passé, je t'aime, c'est indéniable. Je t'aime plus que je n'ai jamais aimé, mais l'amour n'existe pas. Il n'existe plus. Entre nous, il ne reste que le mal que l'on s'est fait, le mal que l'on se fait. Alors, comment pouvons-nous encore y croire ?

J'ai cru qu'avec toi tout était possible, malgré la douleur. J'ai cru à l'amour dans toutes ses petites éternités. Mais ce que je comprends douloureusement aujourd'hui, c'est que l'infini a bien une fin.

# CHAPITRE 7

# UNE PETITE ÉTERNITÉ

**(3 mois plus tard)**

## 8 janvier

18h12

*C'est drôle comme le bonheur s'en va vite. Tout ce qui m'animait s'est éteint, et le pire, c'est que je ne peux m'en prendre qu'à moi-même. J'ai pris beaucoup de recul ces derniers temps, j'ai essayé de comprendre un peu mieux pourquoi j'avais besoin de faire foirer toutes les belles choses de ma vie. Je crois que j'ai toujours eu peur de ne pas être assez intéressante pour être aimée longtemps. Il y a peu de choses au final que j'aime chez moi, j'ai l'impression d'arriver à créer de l'illusion sur l'instant, mais j'ai constamment peur d'être démasquée au fil du temps. C'est tout de même malheureux de se connaître et de s'aimer si peu à mon âge.*

*Je crois qu'aujourd'hui j'ai envie d'avancer, d'assumer qui je suis et de ne plus fuir. La fuite ne m'a apporté que des douleurs.*

*Ma fille chérie, sors-toi ces sombres idées de la tête, tu es tout à fait « aimable », intéressante et passionnante, que l'on te découvre en un jour comme en une vie.*

*Je sais et je sens que tu as mal. J'aimerais pouvoir te protéger de toutes ces peines, mais je n'ai pas ce pouvoir. C'est à toi de te construire et de découvrir les solutions qui se trouvent en toi. Tout ce que je peux te dire, c'est qu'il y a toujours une sortie au bout du tunnel et que plein de belles choses t'attendent. Ce que tu vis en ce moment n'est pas un échec, au contraire, c'est une évolution, une fenêtre qui s'ouvre vers tous les possibles... et vers une sérénité bien méritée.*

*Nous nous ressemblons beaucoup, ma chérie, sauf que j'ai plus de temps derrière moi que devant moi. Tu as toute la vie devant toi... Déleste-toi de ce fardeau pour avancer. Tu es quelqu'un de fabuleux dont il serait très difficile de se lasser toute une vie durant. Embrasse ton présent pour construire ton futur, cesse de fuir face aux gens que tu aimes et qui t'aiment. Il n'y a rien d'autre à démasquer chez toi que de l'amour à n'en plus finir. Et il n'y a rien de plus beau que les humains qui assument qui ils sont, ce qu'ils ressentent, et ce dont ils ont envie.*

## 10 janvier

16h10

Écoute-moi bien, parce que je ne t'ai pas dit la vérité, ou alors pas entièrement, et je ne veux plus mentir.

Je ne veux plus me cacher, je ne veux plus baisser les bras. Je veux que tu m'écrives, que je te réponde, que tu me répondes, que je te dise que tu me manques à demi-mot, que tu me dises avec plein de mots que toi aussi, je veux que tu reviennes et je veux revenir dans ta vie. Je n'arrive pas à faire sans toi. Où que j'aille, quoi que je fasse, j'en reviens toujours à toi. Je veux que l'on parvienne à surmonter nos échappées, je veux t'aimer, je veux que tu m'aimes, je veux m'aimer t'aimant et que tu t'aimes en m'aimant. Je ne sais pas bien quels mots choisir, mais ce truc, tout au fond, cette rage au bas-ventre, le siège de ma peur et de mon amour, je n'en peux plus de le taire comme je n'en peux plus d'avoir peur.

Si tu te poses la question : je ne suis pas ivre, il est 16h00, je n'ai pas réussi à m'habiller, car en me levant ce matin plus rien n'avait de sens.

J'ai lu que la fin du monde risquait d'arriver en 2050, et j'en suis paralysée de tristesse, moins de la fin du monde que d'avoir réalisé qu'en 2050 je risquais de ne plus te connaître si je n'agissais pas. Je t'en prie, ne me prends pas pour une folle, je veux que nous nous pardonnions. Je veux que tu oublies ta peur, que tu arrêtes de la traîner partout avec toi, que tu réapprennes à me faire confiance.

Je veux apprendre à t'aimer sans fuir, je veux arrêter de fuir. Je le décide, d'ailleurs, maintenant : j'arrête de fuir. Et toi, décide là tout de suite de ne plus avoir peur sans te dire « c'est plus compliqué que ça » parce que c'est faux ! Ce n'est peut-être pas plus compliqué que ça. Il faut juste le décider, nous pouvons tout avoir, prenons toute la vie qu'il nous reste. J'ai toujours eu peur du rêve, de me projeter, parce que si jamais ça n'arrivait pas j'aurais trop mal.

Les rêves sont inaccessibles, j'ai passé ma vie à ne pas construire, car j'ai toujours eu peur que le résultat ne soit pas celui auquel je m'attendais. Je ne cuisine d'ailleurs jamais parce que ça n'a jamais le goût de ce que j'imaginais, et je ne veux pas souffrir comme ça.

Tout ça est désormais révolu. J'ai envie de cuisiner, j'ai envie d'être heureuse, et s'il y a bien une personne au monde avec qui je peux l'être, indéfiniment, c'est toi. Et lorsque nos démons reviendront, car ils reviendront, je te crierai qu'il faut tourner le dos à ta peur, car le bonheur perpétuel est de l'autre côté, et lorsque je voudrai fuir, crie-moi la même chose.

Maintenant, ouvre-moi, je suis devant ta porte, j'ai pris le métro en pyjama et j'ai froid.

## 11 janvier

10h02

Tu vois, finalement, les nuits ne font que se laisser la place les unes aux autres. Je te regarde marcher du balcon, fais vite, le soleil se lève. Avance et n'aie plus peur, on se retrouvera peut-être dans une petite éternité.

CINQ ANS PLUS TARD...

## 9 mars

Ça faisait bien longtemps que je n'avais pas ouvert cette conversation. Je viens de finir de lire la postface du livre. Tu n'imagines pas toutes les émotions qui m'ont traversé. J'ai eu l'impression de revivre toute notre histoire.

De quel livre parles-tu ?

Du nôtre.

# LES PREMIERS AMOURS

Durant l'écriture de ces deux tomes, j'ai eu une infinité de choix possibles. Les seuls paramètres déterminés étaient qu'il allait s'agir d'une histoire d'amour composée uniquement des messages que j'avais reçus sur Amours solitaires. Une fois cela admis, j'étais libre. Libre d'imaginer comment l'histoire allait se dérouler, comment elle allait se finir, ce que les deux personnages allaient devenir, ce que j'allais expliquer et ce que j'allais laisser volontairement flou, et ces choix étaient enivrants tant il y avait de possibles.

La question de la fin m'a beaucoup taraudée. Allaient-ils finir ensemble ? Allaient-ils se séparer ? Dans l'une des premières versions de la fin, ils finissaient amoureux fous, sur le point d'avoir leur premier enfant. C'était une belle fin, emplie d'émotions, une fin satisfaisante, une fin rassurante. Mais j'y ai rapidement renoncé. Car je ne pense définitivement pas que la valeur d'une histoire d'amour réside dans sa durée ni dans le nombre d'accomplissements qu'elle a vus se réaliser. Ne pas passer toute une vie ensemble n'enlève rien à la beauté ni à la force et l'intensité de ce qui a été vécu. Je crois en l'amour dans toutes ses petites éternités, dans toutes ses petites et longues histoires : celles qui durent le temps d'un regard, le temps de l'envoi de quelques messages, celles qui se nouent le soir et se dénouent au matin, celles qui ne durent que quelques jours, qui s'éteignent au bout de quelques semaines, et celles dont on ne compte plus les années et dont on n'assistera jamais à la fin. J'aime ne pas devoir compter une histoire d'amour. Je préfère les raconter et arriver à trouver la beauté dans tous les actes d'amour qui traversent une vie, du plus simple au plus flamboyant.

Il y a énormément de personnes qui souffrent de ne pas avoir agi, d'avoir laissé passer leur chance, de ne pas avoir su s'exprimer au moment où ils en auraient eu le plus besoin. Dans cette histoire, les deux personnages ont agi chaque fois qu'ils ont eu peur d'avoir des regrets, ils sont revenus sur leurs décisions, ont décidé de s'exprimer, de se jeter à l'eau, et c'est pourtant une histoire qui est bel et bien terminée. Parce qu'il y a tant de choses encore qui les attendent et les traverseront. La fin d'une histoire d'amour n'est pas synonyme de mort, mais de renouveau, c'est une parenthèse qui se ferme, un souffle qui reprend, un nouveau monde à découvrir.

Il y a aujourd'hui un travail de déconstruction à faire pour appréhender l'amour d'une nouvelle manière et montrer qu'il n'y a pas qu'un seul schéma qui existe et qui est beau. Le chagrin d'amour peut être beau. Ce que l'on construit après une histoire d'amour peut être beau. Quitter quelqu'un peut être beau.

À la fin du livre, j'ai compris quelque chose d'essentiel sur l'histoire d'amour que je venais d'écrire : les deux personnages étaient le premier amour de l'un et l'autre. C'était quelque chose que je n'avais pas saisi jusque-là. Il m'a fallu des centaines de pages pour comprendre l'évidence. L'évidence du premier amour.

Je me souviens encore d'ailleurs des bancs du lycée, à la rentrée, depuis lesquels on s'observait les uns les autres, parfois avec beaucoup de vigueur, d'autres avec une légère timidité.

On s'appréhendait avec un sourire au bout des lèvres, un peu rêveurs, imaginant qui, dans cette cour de récré, deviendrait son premier grand amour. Un peu comme celui qu'on regardait sur l'écran de la télé, devant le film du soir, avec ses parents, en se cachant timidement dès que le baiser se faisait trop langoureux. Dès l'enfance, je fantasmais le mien, de premier amour, en découvrant la lecture. Adolescente, je tombai dans les filets de la nouvelle somptueusement absurde de Samuel Beckett, *Premier amour*, et me demandai, le sourire aux lèvres, et sans vraiment comprendre cet humour ravageur et lapidaire, à quoi il ressemblerait, le mien, de premier amour. J'espérais qu'il ne soit pas comme celui de madame Bovary, ni comme celui de Marguerite Duras dans *Le Marin de Gibraltar*, fantasmé, jamais atteint, toujours inachevé.

J'ai eu beau imaginer, projeter mon premier amour, une fois que j'y ai été confrontée, je me suis rendu compte que je n'aurais rien pu faire pour mieux le préparer. C'était comme un premier éveil. Tous les poèmes et les livres au monde n'auraient suffi pour appréhender ce sentiment, et c'est bien mieux ainsi. Le premier amour, le premier ébahissement, le premier émerveillement, quel que soit le nom qu'on lui donne, est une chose qui ne s'apprend pas. Et nous devons accepter qu'il nous échappe et qu'il est impossible d'avoir de l'emprise dessus. On a beau vouloir saisir son sens qu'il s'envole déjà. C'est d'ailleurs sûrement une des raisons qui font que le premier amour laisse la plupart du temps une marque profonde dans l'existence. Parce qu'il a cet avantage de paraître définitif et vierge de tout souvenir encombrant. Et quel bonheur de vivre quelque chose pour la première fois, sans qu'il n'y ait aucune comparaison ni mélancolie possibles. C'est une première venue au monde, avec le regard neuf de celui qui a tout à découvrir et rien à juger. Il est tellement rare d'avoir cette chance de vivre les choses en ayant l'impossibilité d'avoir un quelconque recul dessus, l'âge qui passe ne cessera de nous donner par la suite la possibilité de la distance.

Le premier amour est l'heure d'accepter pleinement sa naïveté, sa fraîcheur, son ignorance, et sa proximité aux sentiments, sans aucune barrière ni aucun filtre.

C'est se laisser envahir par un flot de sensations : des tremblements, des rougissements, souvent des jambes en coton, et parfois même une dépossession de soi qui peut sembler effrayante. C'est aussi comprendre et expérimenter pour la première fois un lot de termes qui étaient jusque-là quasi romanesques : séduire, attendre, aimer, s'émerveiller, souffrir, désespérer, oublier. Le premier amour nous donne un bel aperçu de ce que sera l'expérience de la vie en condensé, du panel d'émotions que nous serons amenés à ressentir tout du long de notre existence. C'est un entraînement intensif qui nous délivre à sa fin une aptitude au monde. Si l'on en ressort vivant, on est prêt à vivre pour les soixante-dix prochaines années.

Le premier amour, c'est aussi le sentiment enivrant de l'affranchissement, c'est quitter l'adolescence, s'émanciper de l'ordre familial, ne plus vivre au même rythme que le reste de la société. Il y a presque quelque chose de l'ordre de la transgression, des convenances, de la morale, de la famille. Le premier amour nous pousse à enfreindre les heures du jour et de la nuit, et celles, infinies, passées au téléphone et au lit. C'est construire un nouveau monde qui ne respecte plus aucune règle, un monde dans lequel on peut être qui l'on veut, et dans lequel on veut tout vivre, tout consumer, tout brûler, sans devoir attendre le moindre accord. C'est l'indécence et l'inconscience des sentiments à son état le plus brut.

Arrive cependant un moment où le premier amour commence à s'essouffler, puis à s'éteindre. Nous voici alors confrontés à l'une des premières épreuves extrêmement douloureuses de l'existence : le premier chagrin d'amour, ce moment très intense au cours duquel on se retrouve pour la première fois confronté à un désespoir d'un genre nouveau. Un désespoir tel qu'il nous donne l'envie de ne plus jamais rien ressentir. Lors de mon premier chagrin d'amour, j'aurais préféré mourir plutôt que de donner à mon cœur une fois de plus l'occasion de souffrir. Je rêvais d'avoir un cœur froid, paralysé, qui ne se laisserait plus jamais perturber par un quelconque sentiment. Je n'arrivais d'ailleurs même plus à l'écrire, ce mot, cette insulte, ce gros mot, « sentiment ».

Mais laissez-moi vous glisser un secret et le meilleur conseil que l'on m'ait donné : je crois que ce qui est important, c'est de prendre soin de cette douleur, de l'adopter, parce que c'est la première fois qu'on se sentira vivant à ce degré d'intensité, et ces instants-là sont rares dans une vie.

Puis le temps passe. Contre toute attente, on refait enfin surface, et on se surprend même à être heureux. On se rend aussi compte de la place qu'occupe désormais ce premier amour dans sa vie, et on accepte qu'il fasse éternellement partie de soi, d'une manière belle et silencieuse, qui ne demande pas de justification ni de douleur. On peut ressentir des milliards de tristesses liées à la fin d'une histoire, mais ces tristesses ne sont pas une fin en soi, il y a toujours autre chose. Lorsque l'on vit un premier grand amour, il n'y a aucune valeur comparative. Ce que l'on redoute le plus finalement, c'est non seulement de perdre la personne que l'on aimait, mais c'est aussi de ne plus jamais ressentir quelque chose d'une telle force. Et pourtant...

Sans qu'on s'y attende, un jour, la magie opère de nouveau, on retombe amoureux et l'on redécouvre un premier visage, une première voix. Être amoureux, pour la première ou la dernière fois, qu'importe, il ne s'agit pas de compter. La langue de l'amour n'a jamais été la langue du premier.

Grandir, traverser les affres du temps, c'est se rendre compte que l'existence n'est qu'une succession de premiers amours. Ce qui évolue, avec le temps, c'est que l'on apprend à aimer. On apprend à se découvrir pour être capable de mieux recevoir et de mieux donner. On sait enfin quelles sont ses limites, ses peurs, ses faiblesses, mais aussi tout ce que l'on est capable de réaliser par amour.

« L'amour, ce n'est pas dès l'abord se donner, s'unir à un autre. L'amour, c'est l'occasion unique de mûrir, de prendre forme, de devenir soi-même un monde pour l'amour de l'être aimé. C'est une haute exigence, une ambition sans limites qui fait de celui qui aime un élu qu'appelle le large », écrivait Rilke.

Et je crois qu'une fois que l'on a compris cela, on devient libre. Tout comme les deux personnages de ce livre le sont devenus.

Je vous souhaite de vous laisser appeler par le large sans aucune crainte, de ne plus retenir vos larmes lorsqu'un amour se finit, de vous autoriser à ne plus y croire mais de toujours vous laisser surprendre parce que les amours solitaires de votre existence ne cesseront de se retrouver et de se détacher au cours d'un bal qui ne connaît pas de fin.

**Morgane Ortin**

**CITATIONS**

**P. 28**

Extrait de *Lettres à Jean Voilier* de Paul Valéry,
éditions Gallimard, 2014.

**P. 114**

Citation de John Steinbeck.

**P. 123**

Extrait de *Correspondance passionnée* d'Henry Miller et Anaïs Nin,
éditions Stock, 2007.

**P. 223**

Citation d'Alfred de Musset.

**P. 249**

Citation de Rainer Maria Rilke.

Logo #AM : Caroline Ancelot

Logo Amours solitaires : Émilie Génovèse

Illustration de couverture : Eliott Gamer

Suivi éditorial et composition : Antartik

Couverture : Cerise Heurteur

Impression par Pollina en octobre 2019 - 91302

ISBN : 978-2-226-44588-9

N°Edition : 23626/01

Dépôt légal : novembre 2019

Imprimé en France